邵根松 著

返航

SPM 南方出版传媒·广东人民出版社

· 广州 ·

图书在版编目（CIP）数据

返航 / 邵根松著 . — 广州：广东人民出版社，
2019.9
ISBN 978-7-218-13706-3

Ⅰ.①返… Ⅱ.①邵… Ⅲ.①故事－作品集－中国－
当代 Ⅳ.① I247.81

中国版本图书馆 CIP 数据核字（2019）第 139961 号

FANHANG

返航

邵根松 著

出 版 人：肖风华

选题策划：蔡军剑
责任编辑：段 洁 马妮璐
责任技编：周 杰 易志华
装帧设计：今亮后声 HOPESOUND · 胡振宇

出版发行：广东人民出版社
地　　址：广东省广州市海珠区新港西路 204 号 2 号楼（邮政编码：510300）
电　　话：（020）85716809（总编室）
传　　真：（020）85716872
网　　址：http://www.gdpph.com
印　　刷：山东临沂新华印刷物流集团有限责任公司
开　　本：880mm×1230mm 1/32
印　　张：9 **字　数：**140 千
版　　次：2019 年 9 月第 1 版 2019 年 9 月第 1 次印刷
定　　价：45.00 元

如发现印装质量问题，影响阅读，请与出版社（020－85716808）联系调换。
售书热线：（020）85716826

写在前面

一九九九年八月，出于身体的原因，我依依不舍地告别了翱翔十九年的蓝天，回到了从军出发地杭州。

在地方工作的十九年中，我随环卫工人一起撸起袖子扫过地，和城管队员一道串街走巷执过法，曾长时间与本地最富有的民营企业家打交道，目前受命服务于民族宗教界人士，干起了"与智者对话"的活儿。可以说，这十九年，职业跨界超乎想象，我一直处于"好好学习，天天向上"的状态之中。

好在，漫长的飞行生涯，给了我强健的体魄、良好的心态、吃苦耐劳永不放弃的精神世界，这是足以滋养我一辈子的宝贵财富。在不同的单位转换中，在不同的岗位变化时，我犹如当年学习飞行"转练习"时一样，总是拿出最大的干劲和热情，全身心投入，干一行爱一行，逐渐成了"内行"，较好地融入了地方。

当然，我在地方工作的这些年，并非一帆风顺，既有收获的喜悦，也时常伴着艰辛、委屈，甚至还有愤懑。每当遇到困难，或是艰难时刻，我便会告诉自己，"我是一个兵"，一个曾经十六岁就单独驾机飞上天空而将生死置之度外的战士，这些"小儿科"又算得了什么呢？

照例，每年都有一大批战友加入"老转"的行列。你们的所思所想，面对的现实，是否与我当年差不多？

还记得，二〇〇五年十月，组织上找到我，一定要我给全市当年转业的"老转"们讲一讲怎样尽快适应地方的工作生活。面对厚待于我的上级组织，我盛情难却，梳理出三页稿子的讲课提纲，将自己转业后的酸甜苦辣一股脑儿端出，其中讲了不少发生在自己身上的事儿。没想到，市委党校竟将这一课作为保留节目，让我连着讲了六年。在此期间，还被省军转办请去为转业进省级机关的"老转"们讲了三年。直到我以"过时了"为由坚辞不出，才终于刹了车。

比较有意思的是，在工作交往中，有时甚至在市政府机关的电梯里，我经常会遇到陌生的朋友叫我"老师"，说是多年前参加军转干部培训时曾经听过我讲的课，果然很管用的。我了解到，他们大多数都在地方站稳了脚跟，事业上有了新的发展和进步。

尤其是，在干了十年城管之后，二〇〇九年秋，我应邀成为浙江大学领导干部培训基地的"老师"，利用业余时间讲授"中国城管执法的发展方向"，一讲十年。许多个夜晚，听完课的朋友们舍不得放我走，大家一起热烈交流工作中遇到的难题。不少人还加了微信，要去了博客网址，有的会打来长途电话隔空讨论。尽管，现在我离开城管工作岗位已经多年。

既然管用，我就觉着应该为"老转"们和"城管"们做点什么，但愿我下面讲述的这些琐碎小事，不会浪费您宝贵的时间。

2018 年 2 月 19 日

正月初四夜

目　录

选择：单位"好"与"不好"是相对的

一九九八年年初，我因"腰椎间盘突出无法治愈"而被确定停飞后，日子一下子变得漫长起来。没有了催促的起床号，不需要排着整齐的队伍去空勤灶吃饭，远离了熟悉的机场和战鹰的轰鸣，全身轻松了许多。我忽然发现，心里空落落地发慌。曾经以为自己厌烦了"宿舍—饭堂—机场"三点一线的生活，如今一旦不再拥有，还真的有了别样的感觉。

为什么发慌？因为前途未卜，也因为我在结束十九年军旅生涯后，又成了一个"新兵"。通俗点说，当年我从一个学生变成了一个军人，如今，将从军人回归为老百姓，开启人生新的旅程。因为在军队生活的时间比较长，自己的知识结构、能力水平与地方上日新月异的变化是否相适应？心里没有底。对即将面临的工作、新结识的同事，怎么去开拓和交流？心里没有底。对今后自己的发展、单位的状况会是怎么样的？心里没有底。

其实，在去新单位报到之前，等待的一年多时间里，最让我纠结的是，我到底会去哪个单位工作？

那时候，军转政策比较单一，组织上虽然有兜底的安排，但"老转"们仍少不了"八仙过海，各显神通"。在原部队介绍鉴定的同时，如何推介好自己，十分重要。

那段时间，我时常骑着自行车，到遍布城区的博物馆、纪念馆去"补课"。去得最多的地方，是西湖孤山之上的西泠印社，因为在部队时自学了篆刻十多年，来到这个全世界印人膜拜神往的圣地，听老师指点，赏传世精品，漫山的摩崖石刻常常让我流连忘返。篆刻这活，修身养性，使人宁静，对调节心理有助益。

我曾经写过一篇关于篆刻的文章——《我办公室里的八方印章》：

我的办公室的一堵墙上，挂着两个镜框，里头是盖在西泠印社印笺上裱衬过的八方印章。换了几次单位，它们一直是我随身携带的重要之物。

说起这八方印，是有些"来头"的。

一九八七年初夏的某个晚上，天还没完全黑透。我刚刚在篮球场上厮杀了几局，汗流浃背，准备回宿舍和几个哥们过把瘾，干掉那个中午就泡在了水缸里的大西瓜。

远远地看见，我们的"头"老庞在朝我招手。老庞，是我们飞行一大队的大队长，在飞行学院当飞行教员快二十年了。我想肯定有事，便一溜烟儿跑过去。

"进我屋里聊。"老庞把我引进他的屋，这间办公室兼宿舍的屋子，与我们住的一样大小。只是，我们是两个教员合住一间，老庞职务高，一个人住着。说真的，我平时极少单独进他的房间。

"和你说个事儿，"老庞笑嘻嘻地说，我不知道他葫芦里装的什么药，静听他的指示。"你这家伙精力太旺盛，太好动。你现在还这么年轻，应该学点东西静下心来。"

老庞点的穴太准了。尽管只有二十二岁，我却已是一个"老资格"的飞行教员了。教学业务相对熟悉了，业余时间便闲不住。不飞行的时候，中午和晚饭后打两场篮球，满场地飞跑，根本不知道疲倦。有时候我还会凑个热闹，去"拱猪"场上操练几把，扑克大战是一帮老飞休闲解乏的好方式。

"您看，我学点什么好？以前是练过一阵毛笔字的，可惜早就歇手不干了。"我试探着请教。

老庞拉开他的"百宝箱"，扒拉着，拿出两方印章和一把小刻刀，"喏，这些东西我送给你。杭州有个名气很大的印社，我疗养的时候去过的，了不得。南方人适合干这个细腻的活，你可以去试试看。"

老庞是地道的山东汉子，却娶了富春江畔出生的美丽女子，结婚后一直分居两地。飞行上的出类拔萃自然不用多说，闲暇的时候，除了锻炼身体，他是个优秀的自行车修理师傅，谁的车有了状况，他三下五去二立马手到病除。老庞还精通美术设计，做得一手好木工活。

看我有些犹豫，老庞给我打气，"下次回家探亲的时候，去西泠印社买点资料，回来看看，模仿着学，咱们干飞行的，模仿能力可是一等的强啊！"

我收下了老庞赠送的原材料，回家探亲的时候，有意留足了去西泠印社的时间。临走时，买了篆刻字典和几册大师的印谱，练习的入门书籍，以及刻刀砂纸印泥之类必需的工具。照着书本的指引，我在方寸之间照葫芦画瓢，突然就有了与驰骋蓝天相类似的感觉。刻刀起伏之间，容不得丝毫分心走神。当刻完最后一刀，原本硬冷的石料便有了生机，鲜红的印面愉悦了心灵，就像完成了一次美妙的"空战"。意想不到的是，临摹了三个月之后，我的两幅习作在部队驻地的《蚌埠日报》上发表了。

从此，我有了一个让自己安静下来的法子。转业的时候，细细一数，竟有一百多方习作发表在了军地各种刊物上。

挂在办公室墙上的这八方印，其实是四个组合，每两方分别表达一个主题。

起首的两方，刻的是"读不在三更五鼓""功只怕一曝十寒"，引用了郭沫若先生的名言，讲的是对待学习的态度。学习应当是一个循序渐进的积累过程，急于求成显然不行，熊瞎子掰苞米似的三心二意，或者三天打鱼两天晒网，到头来终究也不可能学有所成。

这两方印，最早刊发于《空军报》。我之所以在回到地方以后重新将它们拓印了并悬挂在醒目的位置，自然是希望自己能够以此为镜，时常对照，活到老学到老，把学习当成终身的乐趣，持之以恒。

紧挨着的两方印，是我在部队发生了一次严重飞行事故后进行整顿的间隙篆刻的。飞行是勇敢者的事业。一路走来，不少同吃一锅饭的战友为之献出了宝贵的生命。我用了两个晚上，静静地伏在台灯下，刻出了"居安思危"和"警钟长鸣"。这或许是我当时心情的真实表达。

很快，这两方印作发表在了《航空杂志》上。这是飞行员们爱读的刊物，但愿这鲜红的印章，犹如长鸣的警钟，能够为包括我自己在内的飞行员们提个醒吧。

这样的提醒，其实是极有意义的。要想保证飞行安全，飞行员们就必须时刻保持清醒头脑，每次上天之前，都要将本次飞行预想一遍，把各种可能出现的不同问题的处置办法练得滚瓜烂熟。尤其是在长时间保证飞行安全的情况下，思想上的松懈与麻痹便是天大的敌人。有人说，"常在河边走，哪能不湿鞋？"但干飞行，还真的绝对不能有半点儿马虎。

正是有了这种敬畏，自然就多了缜密，少了粗糙；多了自律，少了放纵。无论是当飞行教员，还是后来到了航空兵部队，我一直保持着这份初心与定力。

转业到了地方，告别了刀尖上跳舞的生活，自然没有了空中安全的威胁。而各种或大或小的诱惑与陷阱，犹如夏秋时节航行途中时常会碰上的积雨云，稍有不慎，便有可能误入其中。这个时候，"居安思危，警钟长鸣"这个让我保证了长期飞行安全的法宝，在现实生活中同样很管用。

这两方印，后来曾入选过纪委组织的书画展。

"志在蓝天"，是我早年发表在《中国空军》杂志上组印中的其中一方印。它表达的，是老飞们的壮志凌云，是一种远大的理想，或者说是一种博大的胸怀。

这方印，其实与我后来长期使用的网名"天地线"有异曲同工之味。天地线，天与地相交的切线也。它是老飞们空中判断飞行状态的基准线。如果说，"志在蓝天"有一种包容万物的豁达，那么，"天地线"则是仰望星空的依托。

只是，这方印随我流转多地，印与印之间的摩擦，使印章四角变得残缺。没想到，钤印出来的效果，有些饱经风霜痕迹，反而更有了金石味道。

多年之后，我成了地方某单位班子中的一员。工作中需要彼此支持，相互信任，就像当年编队飞行时需要弟兄们齐心协力，步调一致。某个休息天，我刻了"同心同德"这方印。刻好后才发现，这方按照常规布局的印，刻出了别样的味道。因为，它还可以读成"心同德同""同德同心""德同心同"，有意思吧？

我把这两方印章排在一起，表达的意思很直接，做人干事要有胸怀才行。

后来我换了多个岗位，与不同的人、不同的群体打交道，这方面的体会就更加深刻了。求同存异，兼容并蓄，是画好最大同心圆的基础，没有宽广的胸怀肯定做不成。

一次，有幸遇见一位著名的书法家。我趁机向他求几个字，当他知道了我当时所从事的工作，一挥而就，在一尺见方的红色卡页上写下"海纳百川"。我甚喜，第二天就将它悬挂在了办公室的另一面墙上，与八方印章遥相呼应。

后刻的两方印，刻成的时间相差了十来年。

"三讲"的时候，我还在部队。"讲学习""讲政治""讲正气"三方印，我采用了不规则的石料，刻好后发表在《空军报》上。

其中，我最中意的，是"讲正气"这一方。

人以类聚，气味相投。正气，须通过人生长期修行方能凝聚。它是职务以外最能影响他人的一股正能量，有人把它称为非权力性影响力，读起来虽然有些拗口，却是说到了点子上。

十几年后，"群众路线教育"掀起。想起自己转业到地方以来的点点滴滴，不论是"宁愿一人脏，换来万家洁"的环卫工作，还是始终处在社会矛盾风口浪尖的城管执法，是善良朴实的老百姓教会了我基本的工作方法，也使自己较好地融入了地方，心里便充满了感激。即使，在与民营企业家这个群体打交道的五年里，我发现，他们的"光鲜"背后，也有不少用金钱无法解决问题的"难言之隐"。于是，我和同事们一起，积极发挥工商联组织的优势，尽力做好"联"的文章。既做锦上添花的事，宣传企业家精神，讲好创业故事，更注重多做一些雪中送炭的事，为企业热忱服务，排忧解难。

在一个休息天的午后，我从纸板箱里掏出久违了的"家伙"，有些生疏地在四厘米见方的青田石上刻下了"服务群众"。尽管自己就是一个普通的老百姓，但践行为人民服务的初衷从未改变。刻石明志，是古代文人的做派；而有意无意间，也成了我这个篆刻爱好者表情达意的方式。

说到底，这两方印章，说的是工作作风问题，也间接反映一个人的价值取向。

八方印章，静静地挂在那儿，没有落款，也无注释，有些别样。大多数人因看不懂篆字，不明就里，也鲜有人问起它们的来历。

这八方印，前后跨度二十多年，它们真实记录了我从军营到地方某些时段的心境，成为我挂在了墙上的"座右铭"。

1月18日

于北京友谊宾馆会议间隙

我无法脱俗，用心准备了一页纸的自我简介。从政治素养、军事素质、工作能力和业余爱好等方面作了浓缩性总结，如实地展现自我，作为到地方的"投名状"。

我翻箱倒柜，用了不少时间，将自己在紧张飞行训练之余"爬格子""操刀子"的成果，在《空军报》《钱江晚报》等报刊发表的近两百块"豆腐干"和一百多方篆刻作品逐一找出，仔细剪辑粘贴，汇成一本不算太薄的"成绩单"。我特意去复印了几份，用精美的塑料文件夹装了，算作一块特殊的"敲门砖"吧！

现在想来，这块"敲门砖"还是有些"值铜钿"的。就连不少飞行员都自认为，老飞们一旦离开了一杆两舵（飞机上的驾驶杆、方向舵和升降舵），还真的不知道怎么"操作"以后的人生。记得那年银杏树叶黄了的时候，团里三位刚刚转业到地方的老飞回老部队叙旧。说起近三十年的飞行生涯和眼下回到地方的不适应，他们语重心长，希望我们这些年轻人在干好飞行的同时，多学习一些有用的知识，培养一些适合自己的兴趣爱好。

听了前辈们的肺腑之言，我内心很有触动。自从干上了飞行这一行，来自安全的压力和完成任务的使命，需要我们心无旁骛。大多数同行都会收拾起曾经的爱好，专心致志地投入飞行训练，这是那个时代我们这些老飞的常态。此后，我开始捡拾起中学时养成的写作习惯，专门瞄准飞行这个最熟悉的领域，用当事者独特的视觉撰写一些飞行训练中的所见所闻所思所想。第一篇在方格稿纸上誊写得工工整整的小稿，寄出不久就刊登在了《空军报》上，同时还收到了吴编辑热情洋溢的鼓励便签。从此，我便利用训练间隙的休息时间，隔三差五地爬格子。后来，又自学了篆刻，一门非常个性有趣的艺术。几年下来，自然而然地就有了一些积累。

这样做的收效显而易见。写文章让人变得善于观察与思考，玩篆刻却使人宁静而专注。后来，当我恭恭敬敬地将这几份"敲门砖"分别向几个候选单位的领导双手奉上时，"你这个老飞还这么会写？"我注意到，对方的眼睛显然有些发亮了。

当年的转业干部安置，大致有两条路径：一种是由组织直接安排，通常团以上干部由组织部门负责，营级以下干部由人事部门负责。另一种，是由"老转"自行联系，寻找愿意接收的单位。通常必须是该单位"一把手"点了头，明确要人了，然后以书面形式主动报告组织或人事部门，这事基本就成形了。当然，也有中途变卦的。总之，这事儿有点像"相亲"。

我最早联系上的是市计划委员会，也就是现在的发改委，一个高大上的单位。邻居老王当着这单位的副手，平时低头不见抬头见的，对我多少有些了解。看过我的简介和"敲门砖"，他一口答应愿意帮忙推荐。

一次朋友聚会时，我有幸结识了本市市容环卫局的"一把手"。他的风趣幽默、乐观大度给我留下深刻印象。他自嘲自己领导的是"垃圾局"，光扫地的环卫工人就有五千多人，管理着数百个公共厕所，每天要运出几百吨垃圾。那份坦然和自信，感染了在场的每一个人，当然也使我满怀敬意。话题说到我的时候，他极感兴趣，问了不少挺专业的飞行问题，原来他是个军事迷，据说年轻时当过民兵连长。说到热络处，他开心地说："如果你不嫌弃，来我们这儿吧！"

次日，我应约去见面。局长简洁而又全面地介绍了该局的工作，爽朗的笑声里，我一点都没有拘束感，交谈十分愉快。我递上事先准备好的材料，他仔细翻阅着，神情专注，须臾抬起头，说："不容易，一个飞行员能发表这么多作品。"他顿了顿，"小邵，你如果不嫌弃，就来我这儿吧！我这里正需要笔杆子呢。"

这是我第二次听他讲这句话了，我的心里真真切切地感受到了他的真诚和关心！

"也不急着表态，你先考虑考虑，再征求一下家人的意见。"他接着说，"我们局可能因为名声不太好听吧，军转干部愿意来的不太多，去年来了一位武警部队的副团职干部，我们为他平职安排在了局下属的事业单位。你要是愿意来的话，也不能亏待你，有文件规定，长期从事飞行的军转干部要适当照顾的，就平职安排机关的副处长，你看怎么样？"

这样的场景，完全出乎我的意料。

我为自己的好运，也为局长的好意而感动。我几乎不假思索，立马跟局长说："我非常乐意来您这儿，以后还要请您多帮助多指导！"我站起来，向他敬了一个标准的军礼。

"那好那好，以后我们就是一家人了。"局长爽朗地笑起来。随后，两双手就紧紧地握在了一起，事情就这么敲定了！

是啊，对于我这样的"草根"来说，还有什么比这更好的呢？市容环卫局听上去确实不大好听，管理的主要业务是垃圾、厕所、城市"牛皮癣"之类的琐碎杂事，不是什么权力部门，但它毕竟是堂堂正正的市政府一级局呢。再说了，有哪一座城市少得了这个行业呢？如果全体环卫工人三天不上班，你试试看，城市肯定会变成垃圾遍地污水横流臭气熏天之地，谁受得了？这样想着，我就有了职业归属感，这是一个永远不会失业的行当呢。

另外一点当然更重要，那就是"一把手"重视你，未来便似乎有了良好的开端，这是千金难买的！其实，我也通过各种渠道事先做了初步了解，环卫这一行当，对机关工作人员专业素养的要求不算高，干部们大多比较朴实，关系处理会相对简单一些。这样的单位，对转业干部来说，相对比较容易融入，工作上比较容易适应。

事实上，选择单位也有个相对论的问题。热门的单位，往往人才济济，专业性强，关系大多相对复杂，表面看上去要风光得多，转业干部要很快适应环境并不容易，要想能够脱颖而出就更有难度。何况，"好单位"里头，也有"一般性"的岗位。反之，一些相对冷门的单位，如果有适合自己的岗位，却真的是挺好的选择。

我谢绝了前些时日托人介绍去面见过局长的劳动局的好意，一心一意准备去市容环卫局了。

消息传回部队，许多人愕然，为我惋惜。这家伙副团级都四个年头了，才三十四岁的年纪，怎么就去了扫地的单位？这不是从天上掉到了地下吗？

这样的话语，同样传进了我的耳朵里。甚至，有的战友特意打来电话，要我证实事情的真伪。

是啊，飞行员有一个浪漫的别称，叫作"天之骄子"。在部队时，许许多多的战友围着我们转，为了我们飞得更高飞得更远而辛勤忙碌。

可眼下，我"平安着陆，顺利返航"了，实在不应该再有"天之骄子"的念想。干什么都一样。

我不再理会别人怎么说，内心深处反而多少有些得意。"转业"，这件曾经让我琢磨了很久也纠结了很久的事，就这么顺利地定下了。

想当好处长：能飞九万里，也能爬垃圾场

一九九九年八月十六日，一早就蒸笼似的热。在漫长的等待之后，我起了个早，来到我市市容环卫局报到。这是一幢五层楼的老式建筑，很不起眼地挺立在市中心的街道边，一个不大不小的略显破旧的院子里，挤满了各式车辆，门口挂着好几块有些掉了漆的单位牌匾。

有人热情地把我领到了政治处。

处长是一位将近一米九的大个，魁梧笔挺的身板，握住我的手使劲地晃啊晃："小邵，你终于来了，我们早就盼着你来报到。"他指着办公室内靠门口的一张桌子，"你以后就坐这里，我们是同事了。"

我们闲聊了一会，知道处长姓孙，是十多年前从省军区退

下来的"老转"，大我整整二十岁，带着较重的安徽口音。我一下子就有了亲近感，都是军人出身，而且我还曾经在他的家乡飞过好几年。处长说别人都叫他"大孙处长"的，除了个子大，还因为坐他对面的副处长也姓孙，干部子弟，插过队，主要负责人事工作，人称"小孙处长"。

上班铃声响过之后，"大孙处长"带着我挨个去见局领导。局长见了我很高兴，送了我几本环卫业务知识方面的书籍，希望我好好看看。他还当着我的面，要求"大孙处长"认真做好传帮带，为我准备好所需要的办公用具和各种资料，带我多到基层单位调研了解情况。

"大孙处长"还带着我来到各个处室，向同事们介绍我这个新来的副手。一圈走下来，留给我的第一印象，是大家都蛮热情的，大多数同事握手时手上有劲道，不是随意敷衍的那种。

我们政治处七个人，除正副处长外，还有四位女同胞。整个处室负责全局的组织、人事、宣传、纪检等方面的工作，同时承担党委办公室的职责，另外还将负责全市市容环境卫生系统的思想政治教育工作。作为一个纯粹的军事干部，这些政治方面的工作，以前我都没有丝毫接触过，看样子要学习的东西显然是很多的。

一回到办公室，"大孙处长"顾不上喝口水，就搬了凳子，要去擦三楼走廊尽头的玻璃窗。原来，走廊尽头的两扇玻璃窗的卫生由我们政治处承包。"大孙处长"都五十好几的人了，怎么能让他亲自去干？我赶紧从他手中抢过凳子和抹布，这事应该由我这个"小年轻"来干的。

我正用心擦着玻璃窗呢，旁边女同胞的办公室里飘出不大的声响："嘿嘿，我们处来了个干活的……"我不以为然，干得很欢，一会儿就汗流浃背，湿透了短袖衬衫。我这人没啥优点，干活从不惜力偷懒却是一贯的风格。记得当兵离开家的时候，母亲反复嘱咐我的一句话，就是部队有任务时要抢着说"我去！"，这简单的两个字，一直深深地影响着我。也正是这两个字，锻造了我敢于牺牲、不怕吃苦的飞行员所需的精神品质。说真的，这点小事算得了什么？更何况，眼下我还真的无所事事。

很快，我便知晓，半个月以后，国家爱国卫生运动委员会要对我市进行国家卫生城市创建考核检查。作为主要职能部门，我局承担着面上的大量任务，道路清扫、流动摊贩管理、厕所保洁、小广告清理等等都是"一脚不来，一脚不去"的硬活。为了顺利完成任务，局里成立了指挥部，机关干部将编成若干个小组，深入到整座城市的角角落落，对全市市容环境卫生方面的情况进行监督检查。我主动报了名，要求到基层去看看，反正离军转干部培训还有一段不短的时间。我被编入了环境卫生组，跟随一位姓劳的副处长和几位同事，重点任务是对全市的公共厕所和垃圾中转站进行检查。

劳处干环卫将近三十年了，当初是顶父亲的职进入环卫所，先后干过清扫工、机械修理工等工作，是个十足的老环卫。他一路上谈笑风生，说着有些粗犷的笑话，满车人跟着乐颠。这座城市哪个地方有座厕所，哪个小区有个垃圾中转站，他都烂熟于心，简直是张"活地图"。他大着嗓门指挥着司机串街走巷走近道，稔熟得很。

一下车，他便熟门熟路，钻进厕所，拧开水龙头，看洗手池有没有水，拉拉厕所门看是否牢固，蹲位里衣帽钩是不是齐全……

我找个空当，悄悄问劳处，"您是怎么记住这么多公共卫生设施的？"

他说，"也没啥，一辈子干这个，多用点心思就好了。"

是啊，劳处的话真的有道理！这其实跟我当初飞行时是一样的，用心与否，结果大相径庭，用时髦的话说就是"态度决定一切"。也许我以后会一直在环卫系统工作，那么，用心便是干好这份工作最好的老师。记得当年语文课文里有一篇是讲北京环卫工人时传祥的故事，他因为用心，把淘粪这份苦活脏活累活干到了极致，受到了党和国家领导人的亲切接见，成为人们敬仰的劳动模范。

随着检查的日益临近，机关里晚上也时常灯火通明，加班加点的氛围颇有些类似部队执行重大任务时的情景，大家紧张而有序地忙碌。为了动员更多的机关人员和市民群众参与到创建国家卫生城市中来，局长要求全体机关干部以身作则，星期六早上去扫一次马路。

那天早上五点左右，天还黑着，我们便在西湖边的湖滨三公园集合，沿环城西路往北推进。此时街上车少人稀，正是便于大部队拉开架式清扫的机会。路灯下，洒水车在前面缓缓开道，喷管里喷射出来的水将垃圾灰尘冲刷到马路牙子边，我们穿双拖鞋，挽起裤管，借助水势用毛竹扫帚在后面清扫。

别说，这扫马路也是有技巧的。

身旁的老王为我一边示范，一边解说："你千万别像在家里扫地时耍大刀似的抢着扫，否则垃圾肯定不听话。你看，要用竹扫帚的大头部分着地，沿着马路牙子往前推着走，这样就省事省力了。"

我按他说的方法一试，果然管用。看来，要扫好大街还真是一门不简单的学问。干到七点钟左右，整条环城西路被我们冲刷得干净锃亮。这时路上的车子和行人渐渐多了起来，不少路过的市民朝我们竖起了大拇指。

这次到大街上扫马路，对我来讲，体力消耗并不算什么，重要的是在大庭广众之下，我坦然经历了，而且干得不亦乐乎。日常生活中，我们时常能听到家长训斥自己的孩子："你现在不好好读书，将来就让你去扫地！"好像扫大街就有多么见不得人似的，而我现在就成了与"扫地"有关的一员。失落吗？还真的没有。

不久，局下属单位天子岭垃圾填埋场上报了机械修理工老张的事迹，准备申报省级劳动模范。这地方我没有去过，便自告奋勇，和小胡一起去实地考察。

天子岭垃圾填埋场地处城北，利用一个巨大的山坳建成，远远望去，像一座巨型水库的大坝。听说，这个垃圾填埋场在国内外有一定的知名度，建设管理规范，而且早就引进了德国的技术搞沼气发电。这里吞咽着全城每天数百吨的垃圾，是这座城市不可或缺的所在。

这天的气温有些高，离它还有一些距离呢，就有一股隐约的腐臭气味溜进了车厢钻进了鼻孔。

在场里机关听过几位老张同事的评价和单位领导的意见，我执意要去老张工作的现场看一看，当面见一见这位广受赞誉的人。

汽车沿着山坡路迂回着往上爬，时而有卸了垃圾往下走的大型运输车擦肩而过。半山腰里的平地上，一个简易的工房有些突兀地矗在那儿，陪同的同志说，这里就是老张常年工作的地方。

下了车，一股浓郁的腐臭味儿迎面扑来。随行的小胡显然准备不足，小脸变了色，喉咙口发出呕吐的声响，人佝偻着蔫了。我连忙让司机先把她送下山。

我硬着头皮，走进工棚里。在陪同人员的指点下，我终于在一辆车子的底盘下看见了正仰躺在塑料布上专心致志修车的老张，车厢下面挂了不少菜叶子、塑料片等残余物，有的地方还可以看到蛆虫在蠕动。他似乎对这些视而不见，也许早已习以为常。

老张歇了手，从车底下爬出来，挂满汗珠的脸上刻着深深浅浅的皱纹。他将呼呼啦啦作响的大号铁制电扇调了一个角度，好让我们凉快些。

"张师傅，你干环卫多少年啦？"

"二十三年了。最早我是踏三轮车收集运送垃圾的，填埋场建好后，我就来到了这里，主要是做机械修理。"老张言语平静，略显拘谨。

他告诉我，每天下班后，都会脱下工作服冲个澡，然后换上干净衣服再回家。尽管这样，回家后仍会仔细地再洗一遍，因为孩子小的时候总是嫌他身上有臭味而不让他亲近。老张说这话的时候摇摇头，显出无奈的神情。长此以往，他患上了严重的皮肤病，一直难以治愈，手臂上和额角部位都有明显的印记。

"这活总要有人做，我和几位同伴都挺安心的。"他的叙述很轻松，却重重地叩击着我的心。当时的场景，至今十多年过去了，我依然难以忘怀。

后来，我在上报的材料中，特意加入了这个颇具动感的场面，看上去有血有肉鲜活多了。老张果然不负众望，先后获得了省级、部级的荣誉，还被评为了国家级的劳动模范，成为全市环卫系统的一面旗帜。

与老张的见面，从某种意义上说，真的是我一次心灵的洗涤。如果只是待在办公室里看材料，或者仅仅听取他的同事们的评价，无论如何也想象不到老张就是长年累月工作在这样的环境中，自然也就无法近距离地感受他的朴素而闪光，平凡而伟大。

这也促使我养成了经常往基层跑的习惯。当时担任填埋场场长的朋友曾经作过详细记录，我在市容环卫局工作的两年多时间里，一共十四次到过填埋场，为他们解决了许多实际问题和困难。

坦率说，正是刚到地方时这一个多月的特殊经历，我对即将从事的工作有了一些直观的感受和印象，对我的服务对象的艰辛劳作有了一些初浅的体味与认同。从此,"宁愿一人脏,换来万家洁"的环卫精神在我脑海逐渐明晰并深深扎根,我对环卫工人充满了由衷的敬意,对自己做出的选择有些高兴,因为我有了为他们服务的机会。

当年勇，"老转"们千万要少提

一九九九年的国庆长假一过，我脱产去参加军转干部的培训。转业到全省建设系统的一百多位"老转"集中在了一起，时间三个月。

虽然来自不同的军种，不同的部队，大家还是很快就热络起来。课余时间谈论最多的，就是工作的安排以及到岗以后的感觉。战友们什么样的心态都有，因为大家不在同一个单位，说话也就少了顾虑，多了一些坦率。

班长老 G 是我们的老大哥，在边防海岛驻守了近三十年，从战士成长为守备旅的副政委。这次他安排在了某市建委，担任中层副职。他是属于笑口常开的那种人，分配的单位"高大上"不说，处室和专业也对自己的胃口，更重要的是，与妻子长期两地分居的生活终于结束了。

他说："真有少小离家老大回的感觉，从此以后可以好好补偿妻子和孩子了。"他对大伙儿的管理非常严格，每天早晚点人头。有的老兵想趁机调节调节，放松放松，老G眼睛一瞪，"虽然脱了军装，我们仍然是一个兵，可不能让人瞧不起。"

消防兵出身的老黄，却时常一脸的沮丧，很少能够见到他露出牙齿的笑容。正团职的他，离开部队前做了许多功课，好不容易才安排进了建设厅。内部再次分配的时候，他被分配到了厅下属一个对外经营的饭店，担任副总经理。

他连连叹气："本来以为进了厅里能在机关图个安逸，按部就班，过过朝九晚五的生活。没想到快五十了，我还要到完全陌生的商海去沉浮。自负盈亏的，说不定哪天就被淹死啦。"

每次说到这里，我们便低了嗓门，只有安慰的份，"老黄，你这么精打细算的聪明人，淹不死的，说不定哪天你就成了大款啦！"

听了这话，老黄便神气活现起来，朝我们吼："哥几个，哪天抽空来我店里吃饭！"

曾经与老黄同一个部队同一职级的老李，组织上征求他转业去向意见的时候，主动提出要求到区里工作。结果天遂人愿，他被安排在了区里担任某局的副局长。这家伙心态奇好，年纪轻轻就当了爷爷。同样的行政级别，区里的收入要高出一大截，可谓名利双收。他常常得了便宜还卖乖，用浓重的苏北口音自嘲为"基层干部"。

三十岁不到的小王是全班最活跃的一个。军校毕业后在同学中第一个当了连长，立过好几次功，正准备大显身手好好干一番，部队整体精减撤编了，只好服从命令提前转业。

"将军梦戛然而止啦。"小王朝大伙扮了个鬼脸，一副捉摸不定的神情。

这我理解，在我的军旅生涯中，曾三次遇到部队精减整编。一九八五年那一回，我所在的空军某航空学校解散，在接到命令后的一个月内，战友们拥抱着告别，从云南散向了全国的四面八方。容不得你思量，军人向来以服从命令为天职。

其实，在我看来，大家谈论的这些话题，归根结底是心理问题。也就是说，当年，我们以一个学生的身份走入军营，经过严格的训练，从"站没站相、走路走不成直线"的老百姓，完成了到合格军人的转变。在漫长的军旅生涯中，通过不懈努力，继而成长为一名优秀的军官。可现在，解甲归田了，又要适应从军人到老百姓的转变。

即将回到地方工作的战友们普遍还很年轻，怎样顺利渡过心理关非常重要。从某种意义上说，"老转"们尽快适应从军人到老百姓的心理转变，比适应工作上的角色转变更为迫切。

据我的观察，转业干部中，以下几种心态最为常见：

兴奋型。对大部分"老转"来讲，脱下军装转入地方，都会有一种兴奋的心理状态。因为我们即将面对崭新的工作、陌生的人群、不熟悉的周边环境。如同我们当年走进陌生的军营，心中充满了期待与想象。

有不少战友像李副局长这样心想事成，实现了自己的理想，安排了称心如意的工作和岗位。也有一些战友像老G一样，终于结束了长期两地分居的生活，全家团聚了，再也不用"你守在婴儿的摇篮边，我巡逻在祖国的边防线"了。还有一些战友，安排的单位名气不一定很响，但是具体的工作岗位还不错，自己比较称心如意，比如像我这样子的。这些方面的因素，使大家对未来有了热切的向往，进而以一种积极的心态去迎接未知的挑战。这种兴奋型的心态，我觉得是"老转"们心态的主流，也只有这样，"老转"们才有可能在地方上好好立足。

焦虑型。产生焦虑的主要原因，是战友们对社会上的情况不够了解，对地方工作不够熟悉。大家在军队生活的时间长了，地方上日新月异的变化，与我们自己的知识结构、能力水平、适应环境的能力是否相匹配，心里没有底。对单位的状况、周边的同事、如何打开工作新局面，心里不踏实。由此产生的焦虑心情，是非常正常也是难能可贵的，是想干好工作的内在体现。

阿林是与我同一个部队的战友，年纪轻轻就当上了指导员，后来成为一名团级干部。他做思想工作有一套，吹拉弹唱样样会，战士们都挺喜欢他的。没想到，部队确定他转业以后，却像换了个人，有些闷闷不乐。我建议他多到外面走走，多与以前转业的战友聊聊。

有次见面，我劝他，"像我这样的野路子出身，回到地方改行干了政工，不也好好的？更何况你是科班出身，肯定会找到比较适合的工作岗位。"

"工作对象不一样了，听说地方上人际关系很复杂，真担心做不好事，适应不了。"他的顾虑，其实大多数人都会有一些，只不过，他显然有点把问题放大了。

"只要有人的地方，就会有矛盾，人际关系这件事，部队与地方并没有什么明显的区别。"我开诚布公，"当然，部队里办事习惯用命令式，官大一级压死人，有棱有角的，直线加方块。而地方上，大多采取商量式，注重统一思想形成共识。这可能是两者最大的区别了。"

我抽空陪同他去走访了一些地方，看看地方上这些年翻天覆地的变化。阿林心情好了起来，恢复了吹拉弹唱，转业考试的复习很投入。结果，他如愿去了自己喜欢的文化部门。再后来，他用出色的表现赢得了同事们的支持，通过选拔成了处级干部。

失落型。失落的心态，尤其表现在那些转业到地方时工作安排不够理想的战友身上。有的战友很想进某个单位，却由于种种原因无法如愿。有的即使进了理想的单位，岗位安排却不理想，就像老黄，费了九牛二虎之力，好不容易进了厅里，想不到最后去了自负盈亏的企业。

还有的战友本来是想去市里的，却阴错阳差地到了区里。也有的战友本来想到省里的，后来只能安排到了市里。也就是说，对于大多数"老转"来说，现实跟自己的期望目标是会存在差距的。

这种失落心态的形成，可能还有形形色色的表现形式，比如有些战友很想在部队干一番事业，不得已组织上安排了转业。有些战友面临着提升的机会或者上进的空间，突然组织上要求你"走人"，与我一起培训的小王就是这样的例子。

我觉得每位"老转"都有必要去仔细地分析一下，我自己现在是什么样的心情？这对我们今后适应地方是有好处的。

好在，现在的转业政策有了一些变化。不少地方是根据转业干部在部队服役期间的表现折合成相应的档案分数来排出名次，或者档案分数与考试分数相结合来排名，作为"老转"们选择单位的依据。但总的看，我发现"老转"们在面临转业时的心态还是比较复杂的，调适好心态依旧是"老转"们需要尽快完成的十分重要的任务。

这其中，有一个问题需引起我们的注意："老转"们对未来应该有一个什么样的期望值？也就是，我们应该怎样定位才是最合适的？在十几年、二十几年漫长的军旅生涯中，部队把我们培养成了优秀的军人，这个过程，恰似大浪淘沙。所以，

"老转"们无疑具有自身鲜明的优势，政治素质好、组织纪律观念强、奉献精神足等等。

那么我们是不是就可以把这些当作老本吃呢？显然不能！因为，你脱下了军装以后，就是一个普通的老百姓了。对自己即将从事的新的工作，我们应该怎么去看待？我觉得应该用一种积极的态度去面对，因为已经既成了事实，与其消极不如积极，积极面对了以后可能会柳暗花明！

我认识的很多"老转"，包括我自己，都是这样过来的。我转业的时候进了市容环卫局，名声似乎不大好听，哪想得到，两年后这市容环卫局撤消了，变成了行政执法局。再后来，我服从组织决定到了多个单位任职。

我熟悉的不少战友，在地方工作若干年以后，有些从不是公务员的变成了公务员，有些从一般干部提升为了处级干部，有的甚至成了局级干部。从这里也可以看出，转业时工作单位的选择固然重要，但关键还是取决于个人的持续努力。

正因为战友们有这样那样的思想，进行恰当的心理调适就很有必要。

"老转"们要勇敢地迎接别人的目光。作为一个军转干部，来到一个新的单位，在你认真观察周围的人与事的时候，新单位的领导、同事自然也会用一种考察和观测的目光来看待你。有的转业干部很想表现自己，急于求成是不行的。

我熟悉的一位"老转"，在部队时能力就很强，回到地方不久代表单位参加一次政府部门之间的协调会，由于政策不熟而盲目表态，造成该单位工作上非常被动，对其个人也产生了比较严重的负面影响。

有些转业干部过于矜持，有能力不表现出来恐怕也不行。工作中，我们还会经常碰到这样的事：有些"老转"很低调，很谦虚，生怕做错事，于是"兵来将挡，水来土掩"，缺少了担当精神。久之，同样会在同事们的心里产生负面的印象。

说到底，它有个度的问题，当你到了新的岗位后，要让同事、领导认可你，就要从认真做好第一件小事开始，哪怕只是跑个腿、组织一次活动、发一次言，都要像在部队时一样周密准备，一步一个脚印往前走。

"老转"们要面对现实，别自以为是。二十一世纪初，地方上曾经有一句话很流行，不知道战友们有没有听说过？那就是，转业的时候，"少校、中校无效，中尉、上尉无所谓"。它虽然有调侃的成分，实际上却表明了目前社会上基本的客观现实。

在部队里，中校、少校军衔的军政主官指挥着一个团或一个营，手下几百上千人马，你是一个响当当的指挥员。转业到了地方以后，一般就很难给你安排相对应的职务了。当然了，更没有了在部队时的那种权力，这是一个非常大的跨度。尤其是团以上干部，可能会有比较大的落差。

无论我们在部队里曾经怎样威风八面，到地方后最好要把这一切给忘记喽！千万不要再念念不忘在部队时，一个命令传下去，多少人滴溜溜地围着你转，一呼百应，雷厉风行，这一点是非常要紧的，否则你的心态恐怕就难以平衡了！

我认识一位当过团长的"老转"，他起初常常对新同事们说起他在部队时的历历往事。说到激动处，难免有些发牢骚，"我当年当团长时，每天皇冠车接送，现在只好骑自行车上下班吃灰尘了。"

话是没错，但有什么办法呢？你那辆皇冠，是当团长的时候部队给你配备的相应待遇，如今显然必须放下才行！否则，心里头整天有个皇冠情结缠绕着，就麻烦大了。

如果做得到，"老转"们还应该尽量少提一些自己在部队时的"当年勇"！因为，提得太多恐怕对我们个人不一定有利。可以说，每一位"老转"在部队都有一段辉煌的历史，都有值得书写和告诉别人的精彩经历，但要适可而止。

如果说多了，有时候难免会掺杂一些炫耀的成分，会给人留下吹牛皮的感觉。尤其是有些对现状还不是称心如意的战友，如果常说我当年怎么样怎么样，飞扬的神情，仿佛回到了从前。可遗憾的是，当年已经一去不复返了，现实就摆在面前。

这里，我特别要跟团级"老转"们说句心里话，你一定要调整好自己的心态哦！因为，当你在部队干了二十多年，好不容易干了一个团长回来，有的安排了一个副处级实职，有的只能安排非领导职务。而你的直接领导说不定比你年轻得多呢，各方面能力看看可能还不如自己呢，心里就难以平静，心结就这么烙下了。这是十分要不得的。

"老转"们还要注意看到地方干部的长处。我们长期在部队服役，所学的专业通常是操枪弄炮的，地方大多用不上。而地方干部在学历水平、文化程度、知识结构上，总体比我们要优化，特别是新经济、新产业、新社情等方面更是如此。

地方干部长期在地方工作，他们熟悉方针政策，熟悉社情民意，工作经验积累丰厚，而"老转"们则大多对地方工作不甚了解。"老转"当中的部分同志，或许在部队时因为工作的原因与地方上有过一些接触，但真正了解地方的军人占比非常小。

地方干部对社会真实现状的了解比"老转"们具有很大的优势。我们大多数战友的部队不一定就在转业落脚的城市，由于常年生活在外地，对当地的经济发展、社会现状、风土人情不是很清楚，仅靠一年一次探亲或者四年一次的探亲了解一些，或者平时通过网络、通讯及亲人这里了解一些，这个远远不够。

"老转"们能够清晰地看到地方干部的长处，是一种能力和胸怀。做到了这一点，大家的心态可能就会平衡一些。也就是说，地方干部也不容易，也是通过层层关卡培养选拔上来的。而我们呢，因为地方工作经验不足，由于地方政府机关的领导职数有限，团以上干部转业时，组织上一般会在保留薪酬等政治、生活相关待遇的同时，行政上通常安排降职使用，几乎全国都是这样，这是"老转"们必须坦然面对的现实。

保持好心态：不会累死，别被气死

说实在的，当时转业的时候，我的心情也是很复杂的。

一九九九年八月一日的《杭州日报》下午版"迟桂花"专栏，发表了一篇作者为木公的文章，这篇文章的题目叫《老兵》。

《老兵》这么写道：

老兵在柔软的席梦思上翻烙饼似的一宿不安生。自从上午政委把那份转业报告表交到他的手上，老兵就蔫了，喷香的饭菜、女儿的撒娇，都没了滋味。曾以为厌了二十年机场饭堂宿舍三点一线紧张单调的军旅生涯，可真的要"向后转"了，还真不是个味哩！想着，老兵嘴角便挤出一丝浅浅的无奈笑容。

睡不着的老兵，浮想联翩，一星儿睡意也没了。

真快呢，二十年光阴，眨巴眼便悄然滑走了。那个当年嘴上没毛、三号军装套在身上松松垮垮的新兵蛋子，定格在一摞厚厚的相册里，竟有些泛黄了。可在老兵的记忆里，一切都是那么鲜活，犹如昨日发生的事儿。

老兵记得，跨进营门那天，是震耳欲聋的"战友战友亲如兄弟"的歌声，烘托出了大红标语喧天锣鼓无法类比的热烈气氛。开阔的操场上，一排排流淌的绿，把这群还没来得及缀上领章帽徽的学生娃的眼拽直了。卸下行囊，在一口硕大的行军锅里舀出满满一碗粉红色的高粱米饭，吃药似的吞下去，学生娃从此就成了一名真正的兵。

兵的生活极苦。队列训练时顶着毒日个把小时桩子似的纹丝不动，比起一节体能课必须完成五十次百米奋力冲刺，直到再也挪不动步，就实在算不了什么。滴水成冰的季节，一彪人马浩荡奔涌在凛冽的寒风残雪中，成了当地隆冬一道生动的风景。麻木的脚板丈量完十几公里冷硬的路面，兵的眉毛上就挂出许多晶莹的小冰珠……

老兵不久后成了一个在天上飞的兵。他把因激动而有些纷乱的思绪沉浸在那段不算太短的与蓝天白云月亮星星相融做伴的日子里，努力梳理着近两千个小时穿云破雾、飞越音速的难忘时光。在常人看来，两千小时，不过八十几天光景，实在短暂得微不足道。然而，老兵却为此燃烧了二十载青春年华，用一腔热血，把对共和国的忠诚写满无际的天空，成为一名优秀的全天候哨兵。老兵像秋收后的老农，咀嚼着收获的喜悦。那一座座营盘，一张张亲切的面孔，无数次的振翅高飞又翩然归来，还有那些牺牲了的战友，走马灯似的在他脑海里更迭，两股热流顺着脸颊湿了耳际……

嘹亮的军号在营院里响起来，老兵一骨碌翻身下床，麻利地整理好军容，腰板笔挺地往操场赶去。营道两旁那些他和战友们栽下的水杉，早已是遮天蔽日，林荫缤纷了。"老伙计，咱们要分手啦！"老兵禁不住上前摸一摸粗壮的树干，缓缓地抬起右手，向这些无言的老友敬了一个礼。

雄壮的号子地动山摇般传过来，晨曦里，一队队绿色方阵极有韵味地律动着。老兵不由止了步，突然就想起了那句古老的兵谚——铁打的营盘流水的兵！不觉嘿嘿笑了。

这，就是一个老兵非常复杂的心情。当然，文章的作者"木公"就是我。对我来说，曾经与蓝天白云相伴了十九年，这种融进生命里的感觉无以言表。即使到现在，只要天空中响起如雷的轰鸣，我照例会抬头去寻觅，看那头顶翩然而过的战鹰，心里自然会涌起一种莫名的亲切。

脱下了军装，收拾好了心爱的皮夹克，我就是一个老百姓了。有位大哥向我推荐了一本当时社会上的畅销书《曾国藩》，嘱咐我抽空好好看看。在部队那么多年，管理非常严格，再加上紧张忙碌，我还真的没有看过几本社会类的书。《曾国藩》给我留下的印象极其深刻，可以说，它为我能够较好地适应地方工作打下了坚实的心理基础。特别是其中的八个字："勤、俭、刚、明、孝、信、谦、浑"，是曾国藩一生经历的概括总结，也是他为人处事的基本经验。

细细体味，字字珠玑，我受益匪浅。读这本书的时候，我这么理解：勤，勤奋，勤劳，勤能补拙，这是做成事的基础。俭，俭朴，节俭，但凡成事者必力戒奢侈浮华，俭以修身。刚，养成刚强的性格，遇到困难不轻易退缩，曾国藩有句名言："打落钢牙和血吞"，言语中一副永不言败的汉子性情。明，明白事理，不做是非不分之人，不干糊涂事。孝，孝顺父母，尊重师长，永远怀有慈悲心肠和同情心。信，诚实守信，重视个人的名誉，取信于人方得立足。谦，谦虚，谦卑，懂得礼让，不自傲自大。浑，凡事有度，不胡搅蛮缠，有时候退一步海阔天空。

我将这八个字打印了，压在办公桌的玻璃板下，算作激励自己的"座右铭"。

我用三个"不"，作为调整好自己心态的"药引子"。

第一个是不挑剔。不挑剔，就是在工作的安排上随遇而安，在遇到棘手的问题时不斤斤计较。工作安排的过程我前面已经讲过了，从后来的事实印证，我当初的选择应该说是正确的吧！工作中，难免会遇到这样那样的事，有些事又难以避免地会出现职责交叉、比较难以分割清楚的时候。

军转干部培训一结束，我刚回单位就碰上市里对"三五"普法的情况进行考核，需要对五年的工作作详细总结。我了解了一下，这项工作分为两个部分，普法宣传由我们政治处负责，而执法检查和教育培训由法规处负责，两者间有些职能交叉，以前都是由法规处牵头负责的。

法规处甘处长是局里老资格的处长，他抢先找到局领导诉说一番，这迎检工作的牵头任务自然就落到了我们处。不巧的是，处里负责普法宣传的干事生孩子去了，"大孙处长"病重住院，我这个新兵的心里焦虑不安。好在我在部队时经过多个岗位的历练，尤其是担任飞行指挥员时，需要指挥协调机务维修、后勤保障、空中飞行以及民航班机等多方面的情况，还是积累了一些经验。于是，我斗胆召集有关处室的同事来开个协调会，作些探讨交流，明确责任分工。

　　甘处长闻讯捧着一尺多高的资料亲自参会，发言时这老兄唾沫乱飞，一副志得意满的样子，颇有些看热闹的意味。他将这沓资料往我面前一搁，"邵处，交给你了，有事尽管吩咐，我们一定全力支持！"话说得如此漂亮，恰似一记行云流水的太极迎面击来。参会人员的目光齐刷刷地朝我看过来。我心想，这么快就遇上高手了。我告诉自己："挺直喽，别趴下！"我拿出飞行时的沉着冷静，克制住了内心的翻滚，决定自己动手，坚决完成这突如其来的任务。

　　剩下来的四天时间里，我仔细翻看了那堆资料，分拣出重要的素材，凭借着以往的经验，推敲着列出汇报材料的提纲。

接下来，我连续两个晚上伏案疾书，直至凌晨，终于将誊写得清清爽爽的一沓方格稿纸按时交出。

这份材料，负责文字的办公室王主任几乎未作改动，局长审阅时仅作了很小幅度的修改。不久，从王主任那里传出话来："我们局来了个写材料的好手！"这个话传得很快，传到我耳朵里的时候，大家几乎都知道了。

我暗自庆幸，不知不觉间，这次有点突然袭击式的困难转眼变成了能够较好展示自己特长的机遇。这也让我更加相信一句流传很广的热语："机会垂青有准备的人！"如果自己没有较好的文字功底，这次肯定惨了。后来的日子里，比我年长一轮多的甘处长处处帮着我，为我解决工作中的难题出了许多好主意，我们通过"切磋"建立了深厚的友谊。真的是"不打不相识"啊！

第二个是不计较。就是随时保持一种良好的心态，对遇到的一些"小事"不去计较。坦率地讲，"老转"们到了新单位以后，就有可能需要处理随机出现的一些非正常的情况。

这里，我和大家讲一件挺有意思的事儿。

我去单位报到之前，虽然已经明确担任政治处的副处长，但因为是超编安置的，局里办公室又紧张，我只能和"大孙处长""小孙处长"挤在一间十五平方米的屋子里。

我的到来，使这间原本就有些拥挤的办公室更显拥挤。我的桌子横放在两位处长办公桌的一头，后脑勺对着门的位置。"大孙处长"告诉我，知道我要来报到，他与"小孙处长"两个人从局的仓库里翻箱倒柜找出了这张桌子。这张桌子呢，实在有些简易，跟通常的不一样。它的两边是两只立起来的柜子，然后在上面搁了一块台板。两只柜子的门上面分别印着有些褪了颜色的黄字："要斗私批修"和"千万不要忘记阶级斗争"。

算起来，这两只柜子该是个老物件了，跟我的年龄不相上下。再看上面铺着的那个桌子台面，也很奇特，台面中间的裂缝豁着嘴，竟然有手指那么宽。这个桌子台面与底下的两个柜子显然不是"原配"，一头高一头低，有些歪斜地搭配在了一起。

那张枣红色有些掉了漆的椅子搬过来，看上去很有些厚重感。座椅中间也有一条超过一厘米那么宽的裂缝，显得有些张扬。我坐上去试试，吱啦吱啦地会摇晃，还真担心一不小心夹了屁股。

有几个其他处室的老同志来探望我，一看桌椅的样子，纷纷打抱不平，说两位处长不关心新来的同事。他们对我说，"你可是进市容环卫局的第一个团职干部，而且还是个副处长，给你这样的办公条件怎么行呢？这样的桌子椅子哪能用啊？我们要去向局领导反映反映。"

我怕事儿闹大，大家都会难堪，便哈哈一笑，连忙拦住他们，"没关系没关系，哪怕就是用两张凳子，上面摆一块板拼张桌子也成，我只要能有地方写字就行了。"

后来，厮混熟了，"大孙处长"跟我讲，"在你要来报到之前，'小孙处长'提出来，说是这个办公室比较小，再来一个人就实在太挤了，是不是干脆在对面的仓库里腾挪个地方出来，让你在那里办公得了。"

我听了以后，心里头"咯噔"了一下。好在"大孙处长"不同意，我才勉强留在了处长室。但是自从那天开始，我就给自己打气，一定要混出个模样来。所以，有些事情，其实是不必要去计较它的。不是有一句名言嘛，"比陆地宽广的是海洋，比海洋宽广的是天空，比天空更宽广的是人的胸怀"。当时我如果去计较这些事，整天心里不平衡，老是不开心，那可能会是什么样的后果？

再有一个是不怕苦。不怕苦，可能是我们"老转"们最明显的一个优势了，因为我们从小吃苦啊。

记得我刚到军校那会儿，人就像个陀螺，整天高速旋转着。从急促的起床号中醒来，操场课堂运动场，一刻不得闲，头一挨枕头就进入梦乡。别的不说，仅在长春空军预备学校的半年时间里，军事素质、理论学习、体育训练十多门课程全部优秀，付出的辛劳无以言表。至今，我的双手还留着六个黄色老茧，一直不褪，这是一种别样的记录。

我在到单位报到不久，就露出了不怕苦的"天性"。国家卫生城市检查组到来之前的那个星期六，因为武林广场的整治工程有些拖延，施工现场留下的建筑垃圾非常多。局长要求机关处以上干部参加义务劳动。

那天下午气温高达39度，水泥场地上蒸腾起虚幻的暑气，热浪滚滚。我戴顶草帽，脖子上搭块毛巾，清垃圾，搬树枝，不亦乐乎，干得像泥猴一样，一身的尘土。后来，我们"一把手"多次在公开场合讲，"那天的劳动有一个人给我留下了深刻的印象，就是刚刚转业到我们单位的邵处。"

由于不怕苦，我尽心尽力去做了应该做的事，领导和大家都看在了眼里。

我常想，人即使在艰苦的环境里干活也不会被累死，但心情不好却是要被气死的。我们很少听说这个人因为干活而累死了，但平时经常会听到有人叹一口气，说"气死了"，就是这个道理。

匆匆上阵，接过一些棘手的活

一九九九年底，军转干部培训一结束，我就回到单位正式开始"拉犁"了。

没想到，第一件让我觉得尴尬的事，竟然是称呼上的别扭。处里有四位女同胞，年轻的一位自然比较好办，叫小宋就是了，更何况当时她休产假去了不在岗。而另三位的年纪，比我大一轮还多，这就让我有些为难了，叫她们什么好呢？

我心想，叫她们大姐嘛似乎不大合适，不够严肃。那干脆就按照部队的习惯，对她们表示尊敬，分别叫她们老胡、老黄、老徐吧。一开始大家也都没有什么。

过了一个多月，大家相处得比较熟悉了，其中有一位私下跟我讲："邵处，你对我们的称呼能不能改一改？"

我说："为啥要改？有什么问题吗？我是非常尊重你们的呀。"

"叫我们'小×'好啦，"她说，"你不知道女同胞都喜欢被叫得小一点吗？地方跟部队不一样，以后别再老是老黄、老徐地叫我们了。"

哦，原来是这样！

我找了个开处务会的机会，当着她们的面说，"你们看上去都很年轻呢，以后我就叫你们小胡、小黄、小徐了。"大家哈哈大笑，从此我就顺水推舟改了口。

我为什么要讲这个事情？就是想告诉大家，由于我在部队待的时间太久了，有些与地方脱轨了，有些OUT啦。

还有一件事，也一直让我耿耿于怀。

有一次，我去参加某市级单位牵头组织的一个会议。我按照稍微提前到达的节奏赶到会场，看到长方形会议桌四周基本上都已经坐满了人。我扫了一眼会议桌顶端坐了两个领导模样的人，便朝两个空着的位置走去。在部队时，领导一般都坐在会议桌的顶端，我便想当然地以为地方也一样。凑巧的是，空位旁边的那几位客气地让我坐。我也就不客气，一屁股在一个空位置上坐下去了。没想到，那两个位置原来是给主持人和领导留着的！你看我出洋相了吧？我觉得当时连耳根都发烫了，难堪之情溢于言表。好在那个主持会议的领导很包容，马上岔开话题，要求工作人员以后开会时一定要做好准备工作，放好座签，便于大家对号入座。领导善解人意的一番话，帮我解了围。

前面说过了，我在部队一直从事飞行的工作，从未涉及过政工的活儿。而现在，我却要整天与组织、人事、宣传、纪检等方面的工作打交道了，需要学习的专业知识还真的不少。

二〇〇〇年春节一过，局里对部分处级干部进行了轮岗交流。"小孙处长"将平级交流到环卫处任副处长。或许是心里不舒服吧，那些日子他时常黑着脸，一言不发，进进出出旁若无人。一旦坐下来，就忙乎着将各个抽屉拨弄得震天响。

那一天，"小孙处长"翻箱倒柜，把保存了多年的资料一股脑儿丢在脚下，堆积成了小山。我以为他要挑出重要的资料移交给我，毕竟，人事方面的资料很珍贵，时间一长后面接手的人就很难找了。谁也料想不到，他一趟一趟地把资料搬到了洗漱间，然后从仓库里翻出了一只铅制的脸盆，像黛玉焚烧诗稿，拿出打火机点燃了以后，一份一份地往里丢。这盆火整整烧了一个上午，直到将这些资料全部烧成灰烬，弄得整个楼层乌烟瘴气。

几位老资格的处长纷纷上前劝说，希望他能够把这些宝贵的资料留下来，但"小孙处长"似乎是"王八吃秤砣——铁了心"，对大家不理不睬。烧完了，他气呼呼地回到办公室，从保险柜里取出一张折叠了的信笺，郑重其事地交给我，"手头还剩下这三件事，忙乎好几年了，很难的，以后就交给你了！"

我接过纸片，仔细看了，这是他手写的十多行蝇头小字。一件是机关干部非领导职务调整的事，上面大致上写明了可以配备的职数和实际配备的职数。我的心里不由自主地紧缩了一下。乖乖，单位升格都已经六年了，居然还空着那么多的处级非领导职位！我一下子想起来，"小孙处长"曾经跟我说过，"这批人，管他呢，要是大家都成了处级，不是跟我一样了？"原来如此！

另一件是环卫工人"农转非"的事。他说："这件事情省市已经发过文件了，但还要几个相关的单位会签一份操作性的文件，前两年一直没有弄下来。"他压低了声音，"都是一帮外地人，随他去么好了。"一番话，听得我嗓子眼一阵阵发紧。

还有一件，是为一直在机关烧开水的沈大妈解决待遇的事。"这件事，过了这个村就没有这个殿了，几乎没有希望。但沈大妈来反映好几次了，你要当心。"

看得出，他有些甩掉包袱似的如释重负。我接过了这薄薄的一页纸，犹如从他手上接过了沉甸甸的担子！这是工作交接时，他移交给我的全部。

好在，"大孙处长"很给力，给了我许多的指点与帮助。我终于可以与他面对面坐了，他给我讲了许多单位的过往，特别是讲了他与"小孙处长"之间多年来在分管工作上"井水不犯河水"的尴尬和苦恼。其实，我早已觉察到，两位孙处长之间沟通极少，平时大多各干各的事，三人同处一室的时候，气氛比较沉闷。

"大孙处长"希望我从今往后放开手脚，大胆工作，"你重点负责人事方面的工作，以后也要全面介入组织、宣传、纪检和干部等全处的工作，好好积累经验，不要有顾虑。"

不久的一次处务会上，"大孙处长"专门向大家广而告之，"小邵处长来了以后，表现怎么样大家都看到了，从今往后，大家要更加支持他的工作，各条线上的工作都要多向他汇报。"

受到"大孙处长"的鼓励，我几乎天天处于加班的工作状态。全系统近十个下属单位的情况要明了，领导班子成员的名字及基本信息要牢记，还有处里相关的业务知识要熟悉。可以说，在相当长的一段时间里，我每天晚上都要忙到很晚，看各种各样的资料。

为了防止遗忘，我在每一个笔记本的扉页上都写上"好记性不如烂笔头"这几个字，算作提醒激励自己。笔记本里，每一天所做的工作，接待的人与事，甚或所思所想，都有或简或繁的记录，它们成了我宝贵的财富。特别是一些随意的思考性记录，如今来看，更显弥足珍贵。

很多时候，在具体的工作中会有怦然心动的感觉，我总是抽空抓紧记录下来，哪怕只是片言只语，或者记下几个关键词。只怕时间一久，许多感动会淡化，甚至消失，再努力追忆也已经不是原来的味道了，有些干脆就很难回想起来。从转业到地方的那一天起，十多个年头了，尽管换了好几个单位，几十个不同质地、不同规格的笔记本始终与我如影相随，它们完整地串联起我在地方工作后走过的每一个日子。

我与"大孙处长"的交往，既是上下级之间工作上的情分，更像兄弟之间的默契与友爱。他带我走遍了所有的基层单位，介绍各个单位领导们的特点。我撰写的材料，他推辞不了，时常会推一推鼻梁上的老花镜，仔细地读，然后发表他的意见。那些日子，真是值得回味。

可惜好景不长，这样愉快的日子持续了大约一个月。当时，局党委每周一晚上都要组织中心组学习，副处长以上干部参加。三月下旬的一个周一，大家在食堂里吃晚饭的时候，一口饭菜卡在了"大孙处长"的喉咙，引起一阵剧烈的咳嗽，他满脸涨得通红，腰也佝偻起来，一副痛苦不堪的神情。稍微休息了一会，他接着吃，依旧吞咽不下，一阵阵剧烈的咳嗽让人不安。大家劝他抓紧去医院检查一下，他硬撑着参加了晚上的学习会。

大约过了一个星期的某天上午，办公室里就我们两个人，"大孙处长"起身去关紧了房门。他打开抽屉，将一份体检报告单递给我，"医生建议我必须马上动手术，我还没有敢告诉家里的人，小邵你看怎么办好？"我这才注意到，他的脸色有些憔悴，言语中满是忧伤。

我清晰地看到，借助胃镜拍摄的图片上，他的胃窦处盛开着一朵硕大的翻卷着的菜花，几乎填满了整个胃的入口。实在不能再耽搁了，我说，"您抓紧去医院治疗吧，单位里的事情有我呢！"

"我去跟局长请个假。最近要办的几件事情，我已经列好了单子，交给你。"

"大孙处长"第二天去了医院，就再也没能回到我的对面。在此期间，我多次前去探望，虽然动了大手术，但由于病情已是晚期，癌细胞早已转移，他日渐消瘦衰弱。直到两年后的一天上午，我接到他儿子的电话，与一位处长一起飞快赶到市二医院，含泪将他抬上了殡仪馆来接的车上。当然这是后话了。

"大孙处长"住院了，望着对面空着的位置，我的心里一下子变得空空荡荡。没过多久，局党委根据实际情况，明确由我代理处长职责。我在毫无思想准备的情况下，就这样一下子走到了"前台"。这时候，离我到单位报到，正好七个月。

我的心情很复杂。一方面，局党委信任，把这副担子交给了我，有了为大家服务的平台，机会难得。另一方面，初来乍到，连基本情况都还不太熟悉，一下子压了这个重担，万一

"演砸"了，那就彻底完蛋了。

局长和分管副书记专门找我谈了话，给了我许多鼓励和指导。随后，我召集了处务会，大家叽叽喳喳提了很多好的建议与想法。几位"小字号"的大姐纷纷给我打气，要我别拘谨，尽管指挥好了，说是只要大伙齐心协力，工作肯定会干好的。这样，我忐忑不安的心也就慢慢平复起来。

屁股还没坐热呢，为局机关烧锅炉打开水的沈大妈找上门来。她搓着双手，一副紧张不安的神色，我几次让座后她才在沙发的一角落座。"小孙处长"开出的交办单上，是有关于沈大妈待遇方面的事情，我本来就想理出个头绪，然后琢磨着怎样去逐一解决的。这样正好，可以当面先了解一些情况。

二十世纪七十年代中期，沈大妈以临时工的身份来到这里为大家烧水，为各个办公室送水，一干二十多年，如今快六十岁了。在讲究身份的年代里，她一直拿着不多的报酬，工作虽然相对轻松，但她的服务细致到位，大家非常认同，早已将她当成同事，节日发福利的时候也总有她的一份。

她说："市里曾经有过政策，在行政机关长期服务的计划外临时工，经审核批准，可以确定工龄，核发相应工资并享受退休待遇。跟我一样在别的单位做的几个小姐妹，她们都落实待遇了，就我没有。"

"那怎么会弄成现在这个样子的？"

"我们小老百姓，一开始不知道有这样的政策，小姐妹们说了以后才知道。为这事我反映好多次了，'小孙处长'一直不理睬我。"她一边说，一边抹起了眼泪，"现在处长换人了，我想找你再试一试，看看有没有戏。"

我为她递上卫生纸，劝她喝口茶消消气。"我先去了解一下，只要符合政策，我一定会去争取。"

我立马给正在休产假的小宋打电话，了解这件事的原委。小宋告诉我，市里确实有这方面的文件，沈大妈也是符合文件规定的相关条件的，只是由于当时文件压在了"小孙处长"的抽屉里。待沈大妈从别处得到消息上门反映时，才翻箱倒柜找出这份文件，而此时市人事部门明确告知，这件阶段性解决历史遗留问题的专项工作早就已经结束了。所以，这件事也就成了新的历史遗留问题了。

望着沈大妈离去的背影，我有些难过。她是无辜的。这件本应该为她办好的事，却因为我们工作上的失误而耽误了，真的不应该啊！

当天下午，我就骑车去了市人事局。接待我的办事员告知处长们外出了，她翻出相关文件给我看。确实，此项工作早在两年前就结束了。

每天在单位里碰到沈大妈，我就感到很歉疚，慢慢也就落下了一块心病。过了几天，我再次去了市人事局。一位副处长告诉我，这事已经过去很久了，但对当事人却是值得同情的，他建议我找他们柳处长好好聊聊，或许事情会有转机。他客气地将柳处长的电话号码告诉我，说是省得我一趟趟地跑腿了。说真的，只要事情能够办好，我多跑几次腿倒也无妨。

隔了几天，我事先电话联系上了柳处长，便骑了自行车飞快赶过去。

柳处长显然已经听过同事的汇报，"邵处，为了沈大妈的事，你已经第三次来了，她到底是什么人啊？"

我说，"她就是一个普通的大妈，作为计划外的临时工，一直为大家服务了二十多年。由于我局工作人员的失误，错过了办理相关手续的机会。现在我接班了，有责任来弥补这个遗憾，希望能够特事特办，给予帮助。"

柳处长听我介绍完情况，大致通报了这项工作的来龙去脉，因为执行政策有严肃性，按理是过期不候了。他沉思片刻，用商量的口吻对我说："为了这事，你都跑了三次了，非亲非故这样做很不容易。这样吧，正式发文批复的程序很复杂，而且又过了时间点，这事按部就班可能不好办。干脆，我在你们的报告上直接写上同意的意见并敲好公章，再给劳动等有关部门通报一下，你们就可以去办了。"

真的感谢啊，我站起来向柳处长敬了一个礼！

沈大妈的事就这样办好了。她有了固定的收入，后来又补办了退休手续，可以安心地颐养天年了。这是她为我们大家服务这么多年应得的回报！

消息传开，一些在人事方面有遗留问题的干部职工纷纷找上门来，他们说，政治处来了个肯跑腿的处长。

从此，我的日子一下子变得"充实"起来了。

有时也要捅捅"火药桶"

有一天，办公室的王主任来找我，说是近些日子有不少区县环卫局的同志打来电话询问，全市符合条件的环卫工人及其家属"农转非"的问题什么时候能够解决？

这事在"小孙处长"向我递交的清单中赫然在列。

王主任告诉我，为了充分肯定环卫工人及其家属对城市做出的贡献，进一步弘扬"宁愿一人脏，换来万家洁"的环卫精神，一九九七年省里制定了相关《条例》，明确每年的十月二十六日为"环卫工人节"。《条例》同时规定，在环卫系统连续工作一定年限的一线工人及其他们的部分家属可以"农转非"。

现在大家对"农转非"可能提不起兴趣了，但在二十世纪九十年代，这绝对是天大的"利好"呢！有了"非农"户口，才有资格完全享受城市的各种公共资源和社会保障，才是真正的"城里人"。记得有一段时间，许多个地方的政府曾经与房地产开发商联手推出过一种促销方式，而且流行了许多年，就是外地人购房入户政策。可见，"非农"户口在当年是很宝贵的资源。

王主任说："一线的环卫工人大部分出身贫寒，来自城市周边或偏远省份的农村，城里人大多是不愿意干这份又苦又累又'没面子'的行当的。"王主任在本系统工作了数十年，情况非常熟悉，"全市五千多名环卫工人，本地城市户口的极少，即使有少量本地的员工，也基本上都是从事管理岗位的，在一线劳动的环卫工人，基本上都是郊区的农民和外地人。"

"既然那么受到大家的欢迎和期待，这件事情怎么就拖到了现在？"我问。

"这项工作其实一年多前就已经起步了，但是由于办事人员没有及时推进，中途搁浅了，成了'烂尾工程'。"他随手递上一份当初由政治处起草的文件稿，"你看，局长都早已签了字，要求责任处室赶紧送相关部门会签。"

我接过那沓文件草稿，最上面的那页稿纸已经卷起了毛边，但需要有关单位会签的那个部分却依旧空着。"像这样的文件，需要送哪些部门？"我从没有碰到过这样的事，便开口问他。

"主要是市计划委员会，他们同意就好办了，其他几个相关的部门相对简单一些。"他跑回办公室，帮我找来一本市级机关的电话簿，"喏，这里面有相关几个单位办公室主任的电话，你用得着。"

我谢过了他，打算好好理一下头绪。我拿过一张白纸，在上面画出了办理这件事的流程草图。这颇有点像部队飞行时的地面准备，每一次飞行之前，飞行员们都要根据具体的任务进行仔细研究，把有关数据和程序背得滚瓜烂熟。

我当天就去了市计划委员会。办公室主任一见到我就说，"你们王主任刚刚来过电话了，你稍坐一会，我去看看许处长在不在。"我心里忽然就流过了一阵暖意。

一会儿，他带我到楼道尽头的一间办公室，"许处，这是环卫局的邵处，来办'农转非'的事呢。"

许处与我打过招呼，接过会签的文件，有些惊讶地说：

"多年前我们计委就牵头与有关部门联合发了文件，这是早就应该办好的事，你们怎么还没办好？"听得出，言语中是有些责怪的。

"我初来乍到，还请你多帮忙啊。"

"马上就办，你稍微等一下。"说完，她亲自拿着那份会签文件去找领导签了字。回来后，又风风火火地陪我去了办公室，让办公室主任马上就把图章给敲了。我简直喜出望外，连声对他们说谢谢谢谢！

回局里的路上，我把自行车蹬得飞快，心想，这件事不是说很难办的吗？

接下去的几天，我一鼓作气，按照办事流程草图，分别去了公安局、粮食局和劳动局等部门，向他们一一说明情况，争取支持。虽然中间有等待，来回多跑了几趟，但我每次接到可以去取回已经会签好了的文件的电话时，总是满心的欢喜。

一路下来，前后总共花了十九天的时间，几个单位联合审定会签的文件终于发出了。这标志着全市数百名当时符合条件的环卫工人以及部分家属能够解决"农转非"的问题了，而且，将作为一项长期的政策保持不变。

搁置了一年多的难事，实际上连头带尾十九天就解决了。文件发下去之后，各个区县的环卫局长纷纷打电话给我，他们千恩万谢，说是大家盼望了这么多年的心愿如今终于实现了，咱们的环卫工人有地位了。

面对大家由衷的感谢与赞叹，我一点值得骄傲的心情也没有。相反，这件事在我头脑里留下了深深的烙印，就是我们应该有为民情怀，去关注基层最关心的问题，进而努力去解决困难。有时候，我们只要付出一点并不艰苦的劳动，事情就解决了，就像我催生这个文件一样，无非跑了几次腿而已。问题的关键在于，你是否愿意去跑这个腿。

这件事情的顺利解决，当时在全市环卫系统引起了一阵小小的轰动，我主持政治处工作之后的第一脚就这样踢出去了。

当时，局里按照上级的部署，进行"三讲"教育回头看，检查"讲政治、讲学习、讲正气"教育活动的成效，"农转非"问题的解决自然成了教育活动的成果之一。局党委委托政治处负责召集机关干部开一个座谈会，征求对局党委的意见和建议。通过各个处室的推荐，我召集八位处以下干部来开这个座谈会。

万万没有想到，完全出乎我的预想，这个座谈会开成了另一种模样。当我说明这次座谈会的目的，几位参会的同事一脸的不屑，"邵处，我们不难为你，你来我们单位时间不长，跟你说了也没用，你也解决不了，这事要解决的话前几年老早就该解决了。"

这引起了我的好奇心。我说，"你们尽管放开了讲，不要有顾虑，说不定你们讲了，以后还真的能够解决呢。"看我满脸的真诚，同事们就打开了话匣子。

财务设备处的鄢工程师第一个发言，"说起来真的寒心，我六十年代参加工作，表现怎么样，大家有目共睹。但是，那么多的奖状荣誉有个屁用！一把年纪了，兢兢业业地干，到现在还是个主任科员。"

老鄢的情况我有些了解的，数十年来一直是个劳模式的人物，口碑非常好。

"关键是，局里有好几个处级的非领导职务几年来一直空着。到底是为什么？"施大姐的话，仿佛点燃了"火药桶"，瞬间引爆了现场。

"就是，有些人太不地道，手里有了一点权力，就见不得别人好。非领导职务的问题再不解决，我们就是不满意！"小红说着，哽咽起来，流下了眼泪。

这一下不得了，大家七嘴八舌地抢着说话，好几个女同胞哭了起来，眼看着座谈会开成了哭诉会。我有些不知所措，只得安慰大家慢慢说。

对照着"小孙处长"给我留下的纸条，我终于明白了。大家反映的是，我局成立六年来，从来没有调整过处级非领导职务。而根据有关规定，我局可安排处级非领导职务七名，眼下竟然还有六个职数多年来一直空着。说到激动处，大家开始指责局党委和政治处不作为，浪费了宝贵的资源，欺骗了机关干部的感情。

说真的，听了大家的发言，我内心非常震撼，心里面有种说不出的滋味。换位思考一下，局里的普通机关干部到底在盼什么？有些同志年龄偏大了，竞争上岗超龄了，失去了晋升实职的机会，就希望有一个非领导职务的上升通道。而那些年轻的办事员，当然盼着有更加多的机会一个个台阶往上走。可明明有那么多的职数空着，却六年不调整，怎么受得了？

我认真整理了会议的情况，上报给分管的C副书记，材料里头提出了具体的工作建议。可是，一周过去了，一个月过去了，始终没有动静，犹如当年超低空飞行时的无线电静默，测试你的定力与耐心。

这件事一直横亘在我的心头，有时甚至觉得如鲠在喉般的难受。一段时间的等待后，我以军人的直率和坦诚，去找了C副书记。C副书记是部队副师级干部转业的"老革命"，对我挺关心的。他看我一眼，没有多说什么，只是提醒我，你刚来不久，有些情况不了解，非领导职务的事，还是等等再说，不要着急。

其实，在日常工作的接触中，我还是了解到了不少情况的。特别是有不少处以下干部找上门来细细诉说，应该说大伙的情绪已经积攒了有些时日了。我也做了一些横向单位的了解，到市人事局职能处室作了详细的咨询。一圈跑下来，心里的底数越来越厚实。

又大约过了一个月，我实在憋不住，再次去向C副书记汇报，谈了自己了解到的情况以及准备怎么做的想法。

C副书记跟我说："小邵啊，你到地方上工作了几个月，时间虽然不长，大家对你的印象还是不错的，反映也比较好，解决了一些难的事情，但我也要提醒你，解决历史遗留问题不能过急，急了，会出乱子。"他点燃一根烟，"实话跟你说吧，机关的非领导职务问题，早几年也提起过的，但那是个火药桶，否则的话，早就解决了！这个事情，还会拖到现在？"

"这件事情肯定很难，但是再不解决，群众的意见是很大的，越往后拖就会越难。"我斗胆说出自己的想法。

"但是，你想过没有，这件事情弄不好，火药桶就爆炸了，对单位和对你都是不利的。"显然，他有些不高兴了。

我被 C 副书记的话吓住了，下级服从上级，地方与部队都是一样的规矩。他反复这么坚持，肯定有一定的道理。我有些沮丧地离开了他的办公室。

那次谈话回来后，我想了很久很久。人家之所以拖了六年没有解决，表明这个事情难做，但到底难在哪里？我觉得在"三讲"教育回头看的座谈会上群众提出这个意见，而且是用哭诉的方式，性质是有些严重的。这样明显存在的问题不去解决，会严重影响局党委的威信，当然对我也是个严峻的考验。

我放下心中长久的羁绊，找到我局长期负责人事工作的"小孙处长"讨教。他说，"这事的难点有两个，一是僧多粥少，符合条件的人多而职数少，摆不平。二是因为没有具体的选拔标准，难以操作。"

我一下子豁然开朗！如果仅仅是因为"小孙处长"所说的难点，其实不难解决。我翻看了有关人事方面的文件规定，了解了相关的政策，心里就更加有底了。

我又一次去找C副书记汇报自己的想法。这很有些像"三顾茅庐"的感觉。他问我，"你到底有没有把握？"

这事就像在部队时首长问你，这个任务你能不能完成？我当时一下子就来了勇气，"书记，这件事情如果继续拖下去，会起很不好的反应。假如这件事情我做不好，您可以免我的职，或者将我调离现在这个岗位，说明我没有能力做好人事工作。"

这样豁出去的表态，我很自然地说了出来。C副书记终于同意了。

事后，我又去向"一把手"详细汇报了群众的反映和我自己的想法。"一把手"对我们前期的工作给予了充分肯定，希望我认真准备，务必做出详细的可操作的工作方案。

屈指数来，自从四月份召开机关干部座谈会，已经五个月过去了。这五个月，我以为，其实最重要的是做好了思想上的准备，统一了认识，虽然时间上有些漫长，过程中有些曲折，但总算迈出了关键的一步。"办法总比困难多",操作层面上的事情，就相对好办了。

二〇〇〇年的国庆节，现在想来，是我度过的最有意义的一个节日之一。因为当时家里没有电脑，放假期间，我便去了单位，独自花了一天的时间，在那台老式的台式电脑上，用我军转干部培训时学会的"智能输入法"，做好了局机关非领导职务调整的方案。

坦率地讲，当时还没有干部选拔任用工作方面的条例和规定，我便参照了当时我省正在试行的干部竞争上岗的办法，结合本单位的实际情况，拟订好了工作方案。方案中确定了动员、报名、演讲、民主测评、党委研究、考察、公示等环节。

国庆节一过，局党委开始组织实施局机关非领导职务的调整工作。"一把手"亲自作了动员，大家积极参与其中，到十二月中旬，严丝合缝地完成了各个环节。

有意思的是，大家对演讲和测评这两个环节给予了很高的评价。认为演讲环节有利于大家进一步了解参与竞争者的工作情况和能力水平，能够加强同事间的互动交流。因为，虽然大家同在一个单位，但毕竟平时分散在不同的处室，干着不同岗位的活，彼此间的了解并不够全面。

而测评环节能够相对直观地反映民意基础，这在当时的非领导职务调整中并不多见。当然，方案还充分考虑了参与竞争者的任职资历和工作经历的权重，克服了非领导职务调整一味论资排辈的现象。

这轮调整，局机关除了六位同事晋升处级非领导职务以外，还有七位符合条件的年轻人晋升了职务。

出乎意料的是，在历时两个多月的实施过程中，尤其是在公示阶段，一点反对的声音都没有，一封举报信也没有，"火药桶"可能引爆的现象并没有出现。

相反，大家对这次非领导职务调整好评如潮。有几位没有得到晋升的同事，也主动来和我交流，说是这样的干部工作方式让人心服口服，虽然他们在这次调整当中没有份，但看到了今后的希望，因为机关这潭水终于活了。

较真：有时可以成为职业生涯的保护伞

　　长期的飞行生涯，给我留下许多印象深刻的特殊体验，也给我带来凡事讲认真的特殊习性。也难怪，飞机一旦上了天，就不像汽车在马路上行驶了，万一出现状况，压根儿就没有可以歇脚停靠的地方，空中需要减速时甚至连刹车都没有。因此，每一个电门、每一个手柄都必须极其准确地操作到位，每一项飞行规定和条令纪律都必须严格遵守，否则就有机毁人亡的可能。或许是习惯成自然了吧，现如今，我依然保持着这种习性，关键的事情决不含糊，喜欢"较个真"。

　　记得，我刚到地方工作的头两年，还真的"较真"了好几回。

　　二十世纪九十年代中期，我所在的市容环卫局征用了城区某村的数十亩土地,用于建设环卫机械厂。按双方协议,我局将安排该村数十名村民到局系统事业单位工作并解决"农转非"问题。直到我接手人事工作时,还有四十三名村民需要解决安置问题。由于各种原因,这件事拖了很久,据说村民们已经连着反映好几年了。

经过多方协调,现在终于可以重新启动这件事了。

一天下午,我跟随分管副局长去了该村,主要任务是进行招工动员,现场确定报名人员。接下来就是组织体检然后是进行政审等环节。不大的会议室里挤满了人,大多数是妇女,大家议论纷纷,场面有点混乱。副局长前些年从公安部门调入我局,现场处理问题自然很有一套。他用手使劲地拍了拍麦克风,接着重重地咳嗽了几声,大着嗓门,从宏观层面介绍了基本情况,提出了原则性要求,一下子把场面给镇住了。

他快速地讲完话,伸过头来跟我咬个耳朵,说还有重要事要去处理,就拎包走人了。事先没听说他要提前走的呀,孤独的我自然有点小紧张。

多亏我提前做了比较详细的准备,面对大家七嘴八舌提出的工作安排、收入待遇等方面的问题,我从政策角度一一作了解释，总的看，会议进行得还算顺利。

动员会一结束，该村的黄书记悄悄把我拉到了一边，说是有重要事情商量。他招手叫过来一位个子不高的妇女，对我说，"这是小张，原先报名安置的是她的丈夫，最近她丈夫改变了主意，外出做生意去了，希望能够由小张顶替他的名额，这事要请你帮忙了。"黄书记顺手递给我一个资料袋，"这是小张的有关证明材料。"

回到单位整理资料时我才发现，小张的资料里夹了一千元钱。这是我根本没有想到的。

小张她要替代丈夫的名额，符合当时政策的要求，我可以帮她改过来的，但为什么要送钱呢？

我立马拨通了黄书记的电话，要求他告知小张立即到我这里来一趟。黄书记显然是知情的，他反复劝我收下算了。我加重了语气，以不容商量的口吻要求他立即通知小张。

第二天小张赶来，一脸的尴尬，再三央求我收下她的"心意"，反正也没人知道。我拉下了脸，非常严肃地跟她讲了公务人员的纪律规定，要她马上把钱收起来。当了那么多年的飞行员，我自然明白，当年只要飞机一飞上天，几乎就处于"没人知道"的状态，守纪律，讲规矩，关键靠的是自己"无须提醒的自觉"。

眼下到了地方，显然还是一样的道理。

小张还想坚持，我有点生气了，跟她说，快把钱收起来，否则我只能将钱上交纪检部门并建议取消你的安置资格了。看她终于明白了我的意思，我告诉她，你安心在家听通知就可以正式参加体检了。她收起了钱，千恩万谢地走了。

经过一段时间的忙碌，四十三位村民按抽签挑选了单位，虽然单位的性质和待遇有些差异，但毕竟当时就这条件，再加上大家都有碰运气的成分。这样，我局征用土地村民的安置工作总算全部完成了。

时间过得很快。

二〇〇一年下半年的某一天，我从外面办事回到单位。发现走廊里和楼梯上挤满了人，男男女女，站着的坐着的，大声说笑，闹哄哄的。一打听，原来是一年前我参与安置的那批员工。因为全市环卫体制改革已经开始启动，自收自支的事业单位有可能要改为企业，他们获知消息后便来局里上访，要求讨个说法。

局领导把我叫了去，要求我们政治处妥善处理。

我提议他们派出几位代表，坐下来说话，了解情况。我发现，代表们在谈话时自觉不自觉地会朝一个方向看。我顺着他们的目光，看见人群中有一位女士很面熟。仔细瞧了，呵呵，竟是当初打过交道的小张！我潜意识中感觉到，事情好办了。

我将小张单独请到我的办公室里详谈。"小张，你怎么也来了？这到底是怎么回事？"

她显得有些不安，嗫嚅着说："大家对改革后的去向很担心，心里没有底，想把事情弄得动静大一点，以引起领导的重视。"她说话时，眼睛始终看着地面，"都怪我自己不好，吹牛说认识你的，所以他们就起哄要我带着来局里讨个说法。"

原来如此！我详细地向她介绍了环卫改革的政策与安排，分析了这次改革可能会出现的情况，希望她帮助我们向大家做些工作，做好解释，带头回单位安心工作。

小张听了我的话，出门去叫来两位同伴，跟他们说："邵处长是值得我们信赖的人，当初招我们进来的时候，就很公开公正。他刚才把政策给我讲得清清楚楚了，我们就带个头，招呼大家马上回去吧，别给领导添麻烦了。"

两位同伴点了点头表示同意。

接着，她带着几十号人一阵风走了。

看着他们远去的背影，我一点解决问题的喜悦都没有，反而惊出了一身冷汗。要是我当初起了贪念，拿人手短，被人家捏在了手里，还能够理直气壮地做工作吗？如果真的是这样，那么这次群访，又将会是什么样的结局？

嗨！真的有点后怕。

如此想来，"较真"是有好处的。

有幸为"老转"们代言

一次，我应邀参加有关部门组织的一个小范围座谈会。会议的其中一个议题，涉及军转干部回地方工作后的职级认定。

某局的一位处长率先发言。他认为，军转干部的职级年限，应以到地方后初次确定的职级为始开始计算。他举例说，某正营职干部转业到甲单位后被任命为主任科员，那么，他担任主任科员的时间，就应该从甲单位任命之日算起。

没有想到的是，他的这个观点竟得到了好几位与会者的认同，他们纷纷介绍自己单位对这个问题的看法和实际操作方法。

这样的导向，显然对"老转"们是极其不利的。听着大家的发言，我实在有些憋不住了，自己告诉自己，必须"较真"一下。

我站了起来说话。

"我真的不敢赞同第一位发言的处长的讲话。不知大家是否知道，一个火车皮拉走的一百个兵，最后能够成为军官的，不到十分之一。这个过程，可谓大浪淘沙，一点都不比地方考公务员简单。"我稍微停顿一下，观察大家的反应。"说真的，部队里有明确的规定，除了飞行员和潜水员等特殊的兵种，一般的军官必须升职到副营级以上，家属才能随军。何况，许多部队的驻地条件极其艰苦，家属大多不愿意随军。部队里不是有句笑话么，说的是，荒凉的戈壁滩上，兵哥哥们看到一只双眼皮的老母猪都格外亲切呢。"

与会者一阵哄笑。其实，我正需要这样的反应。

我说："军转干部，这些曾经苦了妻子、误了孩子、献了青春而永不后悔的军人，现在解甲归田了，他们理应受到社会各界的尊重和厚待。"

"军人的辛苦与付出，我们当然知道的，但以前都是这么操作的，我们负责人事工作，也是没有办法的事。"有一位处长接过我的话。

我说："具体的文件并没有这么写。我想请教一下各位，地方上 A 科长从甲单位平调到了乙单位，那么，A 同志的正科级任职年限，是从乙单位任职时开始计算吗？"

有人立即回答我说，"当然不能这么计算。A 的正科级任职年限，应该从 A 在甲单位第一个正科级职务任命之日算起。"

哈哈，我要的正是这样的回答。这样的问答式交流，犹如当年老飞们"模拟空战"时为对方设下的圈套，引着对方顺溜舒服地钻进来，随之将它轻松地"击落"。

"那好，我要请大家接着回答我的第二个问题了。"我有些小激动，声调也提高了一些，"这个问题很简单。正如刚才这位处长讲的，A 同志可以连续计算在不同单位同一职级的任职年限，那'老转'们回到地方后，在部队期间相对应的同一职级为什么就不能连续计算了呢？地方上的干部是共产党领导的，军队里的干部也是共产党领导的呀！"

会场一时静了下来。那天我有些话多，以军人的名义和勇气，说出了一种不同的声音。

和平年代，太平盛世，许多人已经淡忘了国防的重要，军人的付出。总以为岁月静好，却不知是因为有人为你负重前行。

我接着说："不说别人，与我曾经同吃一锅饭的老飞，就牺牲了十几位，他们凋零在了青春的最美年华，有些还未成家。

其中的大多数，因为飞机故障无法返回机场降落，在有可能危及地面老百姓安全的情况下，无一例外地放弃了跳伞逃生的机会而选择迫降，不惜牺牲自己的宝贵生命。"

其实，我知道，每一位"老转"，都有几天也说不完的感人故事。

或许是我的慷慨激昂感染了大家，会场上响起了持久的掌声。主持会议的领导在作会议小结的时候，专门讲到了军转干部的任职期限问题，强调要厚爱、善待转业军人。

说真的，我有机会能够为"老转"们"代言"，心里充满了欢喜。

值得欣慰的是，二〇一八年三月，第十三届全国人民代表大会第一次会议，批准了国务院机构改革方案，中华人民共和国退役军人事务部正式成立了！它必将为维护军人军属合法权益、加强退役军人服务保障体系建设、建立健全集中统一、职责清晰的退役军人管理保障体制，让军人成为全社会尊崇的职业，做出划时代的贡献。这是党和政府对军队的重视，是对共和国全体将士的关怀！

我们完全有理由期待，"老转"们将迎来共享政策利好的新时代。

这些鸡，真的被城管抢去杀了炖了？

　　在我刚到地方工作的二十世纪九十年代末期，"城管"在社会上的口碑委实不咋地。

　　一方面老百姓对扫地的环卫工人深表同情，他们起早贪黑，风餐露宿，辛苦付出是有目共睹的。另一方面，群众对"城管"中那些具有行政执法权的管理人员颇有微词，社会上意见比较集中。

　　那时候，不仅媒体刊发城管的负面新闻很多，打开百度，搜索"城管"，负面消息铺天盖地。就是在大学、党校，老师讲课中也经常会引用城管的负面例子。他们列举的例子中，有些当然是确有其事，很能引起大家的共鸣。但有些却是道听途说、添油加醋，有的甚至为了博取听众的掌声而瞎编乱造臆想猜测，这样无疑加剧了城管的不良印象。

二〇〇一年下半年，我到市委党校参加中青班为期四个月的学习。多位老师在讲课中列举了本地城管野蛮执法的例子，言之凿凿，表情愤慨，常常引得同学们哄堂大笑。作为城管的一员，身处其中，滋味不好受，我恨不得桌子下面有条裂缝可以钻。

其中，M教授举的例子最有杀伤力。

他是这么说的："某个星期六，我到党校门口的十五奎巷去买早点，顺便想买点蔬菜和水果回家。"

M教授提到的这条百年老巷，我多少有些了解。它不足两百米长，只有六七米宽，巷子两侧的小店经营着馄饨、包子、烧饼等各式小吃。每天早上，还有数十个自发集聚形成的卖蔬菜水果的摊贩，热闹得很。大约九点光景，摊贩们会自动散去，小巷也就恢复了原本模样。

M教授顿了一顿，突然提高了嗓门，做出夸张的神情，像说书的大咖，"突然，我听到有人大声喊道，城管来啦！"

他用双手圈在嘴边，围成喇叭状，表演活灵活现。"巷子里的小贩们赶紧收拾了东西，闻风而跑。只有一位老大妈没有动，原来她在卖几只本鸡，跑不了。我看见，一辆边三轮飞快地从巷子一头开过来。边三轮你们见过吧？也就是电视里我们经常看到的鬼子扫荡用的那种边三轮。"他自问自答，竹筒倒豆子般地流畅，"车刚一停稳，翻身下来三个城管，飞也似的扑向大妈，去抢这几只鸡。大妈用双手奋力护住这几只鸡，就像护住自己的孩子。毕竟势单力薄呀，大妈哪里是年轻城管们的对手。他们夺得一地鸡毛，大妈最后只好眼睁睁地看着那三个城管抢了鸡，坐上边三轮扬长而去了。可怜的大妈就一屁股坐在地上，嚎啕大哭，那场景看着真是令人气愤！"

M教授停下来，呷一口茶水，大声问："同学们，你们说，这些鸡被城管抢了去，结果会怎么样？"见大家一时没反应，他马上接上话茬："肯定是被他们杀了，炖了，吃了！"

我的天！我清晰地记得，二〇〇〇年的五月，我参加处长任职培训班的时候，这位M教授也声情并茂地讲述过这个例子。夸张的神情，乃至表达的口气，依然如故。

我想，这个例子M教授肯定讲过无数遍了。

我前面说过了，我是一个容易"较真"的人。上次听过M教授的课以后，我曾专门到了这个区的城管中队开展调研，详细了解辖区的每一个执法队员有没有发生过类似的事情，并走访了十五奎巷的经营户。大家说，执法管理中，管理人员与摊贩之间偶尔出现冲突是确实存在的，但 M 教授说的事大家没有印象。

没想到，他这次又旧事重提了。

顿时，同学们大笑起来，目光齐刷刷地朝我看过来，我感觉到脸上发烫，真的有点坐不住了，因为我已经被他"炖"了两回了。

我不假思索，写了一张纸条，立即就递给了老师。这张纸条是这么写的：老师，下午您有时间参加我们小组的讨论吗？其实很简单，我想私自就这个问题和老师切磋一下，澄清一些事情的真相。

或许是当时的学术氛围还不像现在这么宽松，学员在课堂上直接给老师递纸条的情况比较稀罕，所以 M 教授很重视，当天下午就找上门来了。

我说："老师我想请教您一个问题。"

他说："有什么问题，你就直接说吧。"

"您是讲授依法行政这门课的，您认为依法行政最核心的思想是什么？"

"那当然是以事实为依据，以法律为准绳呀。"

我清晰地感受到，M教授已经中了我的"埋伏"了。我尽量压制住内心的激动，"既然这样，那我要核实一下，您亲眼看见那几个队员把鸡'抢走'以后，真的将它们杀了，炖了，吃了吗？"

M教授显然没有想到我会问他这个问题，一下子竟有些愣住了。"呃，呃，那倒，那倒没有看见。但是，我推理出来应该是这样子的。否则还会怎么样呢？"在他看来，这个讲了无数次的故事，一直是博得听课者笑声的"料"，今天还真的遇上了较真的人。

我紧追不舍，"如果仅仅是您推理的结果，就能够拿到讲台上来讲的话，那对依法行政这堂课就有点讽刺，有些不严肃了。党校这么神圣的讲台，如果总是传递出不确切的信息，城管就躺着中枪了，而且他们的形象会越抹越黑。抢鸡吃鸡的例子，我自己就亲耳听到您说过两次了。而事实上，据我实地去了解，这事并不确切，我恳请您以后不要再举这个例子了。"

看得出来，M教授显然有些尴尬了。他连连说："哎呀，对不起，对不起！这个事有这么严重的后果，我倒是没有想到，多亏你今天提醒了。"

看教授蛮诚恳的，我也不好再说什么。于是，我便顺水推舟，说，"我给您提个建议好吗？"

他说，"你尽管说吧，我可以向学校反映的，如果有必要，也可以在我以后的教学当中做一些改进。"

我说，"老师，您和有几位老师在课堂上举的例子都比较老了，有的确实过时了。比如说吧，有一位老师组织我们开展模拟协调训练，目标是解决一处违法建设怎么拆除的问题，说这是一个事实上存在已久的老大难问题。可是，我在放学后专门到了这个'老大难'的地方去实地察看，却发现，这个建筑物两年前就已经被当地政府部门拆除了。"

"有这样的事情吗？"他问。

我说："确确实实是这样子。因为党校老师的讲课对学员颇有影响，所以老师们在课堂上列举的案例，一定要非常准确，这样才有公信力，才能给学员的工作提供更多的指导和帮助。"

他完全赞成我的观点。

那天下午，我们两个人聊得非常愉快。

我们自然而然地就聊到了不久前刚刚成立的城管执法局。我向他简要介绍了这个局的基本情况，他显然对这个新生事物很感兴趣。我告诉他，就在我这次来党校学习的前一天，市城市管理行政执法局成立了，标志着新的城管执法制度开始真正实施了，这跟以前差别是很大的。

　　我干脆放开了说："其实，我们局和党校是可以搞一个亲密合作的。"

　　"怎么说？"M教授露出感兴趣的表情。

　　"我的意思是，党校的老师们可以利用一定的时间，到我们的基层执法中队去建立若干个联系点，作为走出校园的别具一格的'实验室'。基层干部队员直面群众，每天都会发生大量鲜活的事例。老师们如果能够经常深入到基层，去走一走，看一看，通过实地走访和观察，多了解一些基层一手的情况，就可以与时俱进不断丰富教案，这样的课就会更加接地气，更加生动有趣，更加符合实际，能给学员以更多的启发。"我看M教授频频点头，"同时呢，作为一支新组建的队伍，广大城管执法人员也需要提高政治素养，丰富法律知识，提升自身素质，迫切需要到党校或行政学院来进行大规模的培训。您看，我们局和党校的合作，是不是前景很宽广啊？"我越说越来劲了。

M教授的眼睛都有些放光了，连连说，"好呀好呀，这是个好点子，我马上去跟校领导汇报。"

事后，我专门挑了时间回到局里，就双方合作的建议向主要领导做了汇报。局领导非常重视这件事儿，进行了专题研究，并指派我陪同党委副书记专门到党校商谈加强合作的事情。

果然，双方一拍即合，这事还真的做成了。

一时间，市委党校的老师们利用课余的时间，源源不断地来到我们所属的基层执法中队，深入调研，了解情况，与干部队员们热乎得很。我也抽出了很多的时间，陪老师们到基层去参与执法实践活动，进一步加深了对基层的了解。

老师们说，"不到基层一线来，还真的想不到你们在执法管理中遇到的难处与困惑。到基层来走一走，听一听，看一看，那感受确实完全不同了。以后，我们不仅要多宣传城管执法方面的正面案例，多做弘扬正能量的工作。同时，我们也可以把研究成果无偿地与你们共享，一起合作做一些调研课题。"

多好啊！

后来，我们局分批次把干部队员送到党校去开展轮训。有不少同志培训回来跟我说，培训和不培训就是不一样，收获很大。现在党校的老师可理解我们了，在课堂上举例的时候，总是表扬我市城管的正面例子。

我听了以后，心里非常的安慰！因为我们一个小小的举动，推动了双方的合作，提升了工作水平，特别是对于树立城管执法队伍良好形象，具有极大的好处，真是一举多得的好事情。

由此，我想到了一个问题。也就是，城管的话语权是多么的重要啊！老师们一次又一次地在党校的讲台上，绘声绘色地传递曲解城管的信息，干部们在哈哈大笑中，自然而然加深了对城管的负面印象。我当时作为负责全市城管执法系统政治思想教育和组织宣传工作的部门负责人，确实应该多尽一些责任。

二〇〇二年的新年，我给自己许下了一个心愿：有一天，我要到市委党校的讲台上来讲一讲城市管理问题，讲一讲大家所不熟知的城管故事，讲一讲城管人每天必须面对的酸甜苦辣和他们的所思所想。

我知道，定下这个目标似乎遥不可及，其实是跟自己过不去，当然也是一种激励自己的方式。

好在，我在部队服役期间，曾经在空军的多所航空学校和飞行学院当过八年飞行教员，具有一定的教学经验和讲演写画教学基本功。如果能有机会重新走上讲台，该是件多么有意思的事情。

当时，最困扰我的问题，是基层执法管理经验严重不足。虽然我在同事们的支持下，通过竞争上岗，担任了刚刚成立的市城管执法局政治处的处长，主要负责的是内部管理方面的工作。对一线执法管理的情况，不甚了了，只是单位内部工作交流时有所了解而已。

为了补上这一课，我用了大量的时间往下跑，几年内几乎跑遍了主城区的七十多个执法中队，熟悉了一大批最基层的干部队员。他们的现身说法，给我以很大的启发与帮助。这也为我日后推动解决全市城管执法人员身份和待遇问题，提供了一手资料，打下了坚实的基础。

我还利用生活中的日常点滴，开始注意观察无证流动摊贩的生存环境与生活状况。我经常去擦皮鞋，在擦鞋的过程中，顺便与擦鞋师傅聊聊他每天的收入、有没有城管来管理等等。

我还注意到，只要天气不下雨，无论酷暑还是严寒，深夜的市区街头总有不少提供吃食的小摊在忙碌，吸引了出租车司机等夜间工作者群体。闲谈中我知道，摊主们每天都会早早地准备了原料，就盼着晚上不下雨，就希望城管早一点下班，有些"看天吃饭"的味道。

当然，他们的经营活动，在方便了部分老百姓的同时，产生的油烟和垃圾也会对环境造成一定的影响，使另外一部分老百姓不高兴。大多数时候，我会耐心听听他们的牢骚，以及他们对城管人员经常与他们"过不去"的埋怨。

这样的体验，是很有趣味的。亲耳听到的、亲眼看到的一些情况，是以前坐在办公室里很难想到的。

有了对基层比较翔实的了解，我就开始有针对性地做一些思考，特别是换位思考，并将它们变成文字。这样，我的工作就有了比较准确的着力点，在给基层干部队员讲思想政治教育课的时候，就少了空洞的说教，多了鲜活的语言，大家就比较乐意接受我的观点。

随着时间的积累，我对于城管执法问题上的思考积累丰厚了起来。数十篇关于城市管理执法方面的文章，就在我紧张的工作之余，汩汩地流淌出来，丰富了我的精神世界。这些凝聚了来自基层一线素材的小文章，基本上以我的笔名"木公"发表在报头刊尾，给了我自己动力，也给全市城管执法系统的干部队员，甚至是兄弟城市的同行们提供了参考与借鉴。

二〇〇三年起，我在全市城管执法系统内开始讲课，起初讲队伍建设问题，后来讲城管执法业务工作创新。慢慢地，我讲的课有了点"小名气"。

墙里开花墙外香。市委政研室的领导得知此事，推荐我替他们到省委党校给领导干部班作一次城市管理专题讲座。出乎意料的是，学员们普遍反响不错，这堂"和谐社会背景下的城市管理问题"便成了保留节目，一讲数年。

不久，市委党校循声找上门来，希望我能够为主体班次开设城市管理专题讲座。这敢情好！我愉快地接受了邀请。我早年许下的心愿终于实现了。我可以堂堂正正地在党校的讲台上，客观理性地讲讲城管执法问题了。

城管，想说爱你不容易

"城管"，真正作为一个名词出现，大约是在城市化运动蓬勃兴起的二十世纪九十年代初期。

而回望过去，人类从事城市管理的活动，显然具有非常悠久的历史。自从人类在城市集聚，追求城市的繁华与文明，相应的管理活动也就随之产生了。只是，在城市不同的发展阶段，管理活动的方式和手段有所不同。

自从一九九九年夏天我加入了"城管"，不久，便发现了一个有趣的现象。这就是，在中国浩瀚的文献记载中，很难找到千百年来有关于城市管理方面的"记录"，这给我们留下很大的想象空间。

不过，有一次我重读《三国演义》，当我读到第九十五回

"马谡拒谏失街亭，武侯弹琴退仲达"时，不禁怦然心动。你看，罗贯中如此写道："……令四门大辟，各以二十军士作洒扫状。亮乃披鹤氅，戴纶巾，引二小童携琴一张，于城上凭栏而坐，焚香操琴。魏军临城下，怪之。懿至，遂退。"

透过这段精彩的文字，我发现，诸葛亮之所以能够成功地演好《空城计》，除了智慧沉着以外，他还巧妙地利用了当时城市里已经出现的一个行当——"清道夫"。诸葛亮吩咐手下，在四座城门大开的街道口，分别安排二十名军士扮成了"清道夫"，低头清扫街道，营造出一副秩序井然的样子。聪明过人的司马懿，正是被"清道夫"这个常识所迷惑，恐被诸葛亮算计中了埋伏，于是领兵退了！这个故事，发生在公元二二八年。

"清道夫"是谁？不就是现在的环卫工人嘛！这是我迄今发现的关于城市管理工作方面最早的文字记录之一。

遥远的过去，由于科技的限制，没有影像设备可以记录下当时都市里人们生活的场景和管理活动的场面。不过，北宋著名画家张择端用画笔为我们留下了千古不朽的名作《清明上河图》。仔细品味，不难发现，那画中，大街的中央走的是马车轿子，恐怕仅限于达官贵人使用吧？而街的两旁，则布满了卖糖葫芦、卖蔬菜和玩杂耍等从事各类营生的贩夫走卒，也就是今天俗称的流动摊贩。他们非常和谐地布局在这幅绵长的图画里，生动，有趣。看着，看着，会让你仿佛也成为其中的一分子，正优哉游哉地闲逛着。

相当长的岁月里，政府（衙门）对城市进行管理，其实主要是两件大事：一件是负责社会治安，说白了就是防火防盗防打架，所以衙役早就出现了。第二件事，便是由"清道夫"们负责将城市居民的废弃物和排泄物运出城外，进行简单的处理或再利用。我依稀记得，直到二十世纪八九十年代，闹市区吴山上的居民楼之间，还活跃着一些倒马桶挑粪担的环卫工人。

一九七八年秋天，我考上了当时的省重点高中新登中学，第一次离开家去二十里外的镇上住校读书。印象中，大约从第二年的夏季开始，小镇逼仄的街道一下子热闹了起来。街的两旁春笋般冒出许多卖衣服鞋子磁带等日用品为主的小摊，拥挤连绵，喧闹嘈杂。

摊贩们为了招揽生意，各自使出绝招。他们将双卡收录机的音量放得震天响，里面放着刚刚从中国台湾传播过来的校园歌曲《外婆的澎湖湾》等等，很好听。他们把红的绿的纸，用歪歪扭扭的毛笔字涂鸦成色彩斑斓的海报，贴满了沿街房子的墙面上，亮闪闪地扎眼。他们甚至横七竖八地拉起了过街的横幅，做起不用付费的广告来。

后来，我参军走过了全国的许多城市，几乎无一例外，每个地方总有几个用石棉瓦搭成的名声响亮的露天市场。那个时候，即使在城市的中心公园，也往往会被闹哄哄的市场所占领。眼下繁华无比的武林广场，当年被称作红太阳广场，实际上就是一个地地道道的大地摊。

这样的市场，当然极大地方便了城市居民的生活。不过，一个显而易见的问题也随之产生了。那就是，这些经营活动所伴生的噪声扰民、交通阻塞、秩序混乱、垃圾遍地等问题，是逐渐开始追求生活质量的城市居民所不能容忍的。于是，城市的居民纷纷呼吁，并通过人大代表、政协委员逐级向全国"两会"提出议案或提案，要求国家立法来管理城市。

一九九二年，国务院颁布第 101 号令，实施《城市市容和环境卫生管理条例》，明确由建设部主管全国城市市容和环境卫生工作。各省政府以及省会城市相继出台了《城市市容和环境卫生管理条例》，头戴大盖帽的城建监察队伍从此出现了。

随着改革开放的不断深入，涉及城市管理方面的问题越来越多。政府仅对市容和环境卫生进行管理，已经根本不能适应城市居民的强烈期盼。一九九六年，国家颁布了《中华人民共和国行政处罚法》。该法明确要求，应该将涉及城市管理的相关法律法规，交由政府一个行政部门来集中行使，以避免职责交叉、执法扰民等问题，从而消除"七八顶大盖帽，管不住一顶破草帽"的尴尬。

一九九七年，北京的宣武区率先开展了"相对集中行政处罚权"城市管理制度的试点，简称"相对集中"或"七加一制度"。也就是：把原来由市容环境卫生部门、规划部门、市政公用部门、绿化部门行使的全部行政处罚权，再加上原来由工商部门负责的店门以外违法行为和流动摊贩的行政处罚权、原来由交警部门负责的人行道上违法停车的行政处罚权、原来由环保部门负责的违规夜间施工和饮食业违法排污等行为的行政处罚权，一并移交城市管理行政执法局。

二〇〇一年，国务院法制办总结了北京宣武区的试点，要求在全国省会城市和有条件的地级城市迅速推开"相对集中"的城市管理制度。因此，各地纷纷招兵买马，建立起全新的执法队伍，开始用《中华人民共和国行政处罚法》为依据来管理城市。由此，中国内地正式拉开了依法管理城市的序幕。

当年九月九日这一天的下午，"秋老虎"的余威犹在，天气热得不得了。市城市管理行政执法局成立大会，在市中心的武林广场隆重举行。省市领导和社会各界代表以阅兵的方式，检阅了刚刚组建的城管执法队伍。当天晚上的电视新闻节目和次日的报纸上发布着同一件喜讯：以往七八顶大盖帽管不住的一顶破草帽，从此以后就不成问题了！只有冒着炎热加紧训练的队员们心里知道，哪有这么容易啊！艰苦的日子已经来临了。

我所在的市容环卫局，根据改革的要求和"人随事转"的原则，将一分为二。承蒙组织信任，早在二〇〇一年年初，我就作为城管执法局五人筹备组的其中一员，负责执法人员的考核录用和队伍建设，同时还得负责环卫体制改革和政治处的日常工作。那些日子，我几乎天天日夜连轴转。因为不少情况以前从来没有遇到过，又身兼数职，只得白天忙着对付，晚上加班补课。当然，在忙碌和焦虑之中，我学到了许多，特别是能够更多地听到市里领导的讲话，能够与相关市级部门协调开展工作，开阔了眼界，真的是受益匪浅。

万万没有想到，我在脱下军装两年之后，再一次穿上了制服，戴上了大盖帽。这一身豆绿色的制服，几个月之前局里就让服装厂设计了好几个样式和颜色，——陈列在武林广场，经过新闻媒体的宣传，由市民群众投票选定。有媒体说，这是市民选定的服装，有亲民的味道。

　　我啰嗦着写到这里，其实无非是想跟您说："在中国大陆，建设城市的历史非常悠久，但依法管理城市的历史却是十分的短暂。"

　　我曾经看到过一则新闻，说是从良渚考古现场发现，杭州城的建成时间大约在五千七百年前。当然，在全国范围内，还有一些城市，比杭州城建成的历史要更早一些。

　　这就带来了一个不容忽视问题！由于我国按照相对集中行政处罚权制度依法管理城市的历史只有短短的十几年，即使按照《城市市容和环境卫生管理条例》管理城市的市容和环境卫生，也不到三十年的时间，因此人们对城市管理方面的法律意识普遍还是比较淡薄的。

　　不信？我试举一例：如果您很随意地在城市的公共空间扔了烟头或者吐了痰，当城管执法人员对您说："您的行为违反了城市管理的相关法规，要处以二十元至五十元的罚款。"您会做何感想？您能够心平气和地服从执法人员的管理并去规定银行交纳罚款吗？

我曾经亲眼所见，两位执法队员接到群众举报，准备将一只在吴山广场违法蹓跶的小狗用网兜抓进铁笼子里。

这时，只见小狗的主人，一位上了年纪的大伯把狗使劲地搂在怀里，大喊着："别抓别抓，我的宝宝办过证的！"

一位队员说："大伯，现在不是遛狗的时间，公共场所也不能遛狗的，希望以后注意。你的狗如果办过证的话，请出示证件，我们这次就可以作教育处理。"

大伯一听，支支吾吾，一会儿说是证件放家里了，一会儿说是证件弄丢了。后来，他干脆抱着小狗往地上一坐："你们要抓宝宝的话，宁可把我关进铁笼子里去好了！"

旁边的群众围观着起哄，有批评大伯做得不对的，更多是同情大伯希望执法队员放一码的。一时，现场弄得非常滑稽，两个执法队员有些进退两难。见有大多数人撑腰，大伯抱着他的宝宝，堂而皇之地走了。在围观群众的嬉笑中，队员们最后只好草草地收了场。

二〇〇二年的一个整年，刚刚穿上新制服的全市城管执法人员，就像开足了马力的机器，意气风发。大规模的培训一轮接着一轮，搞得风生水起。对沿街商铺的出店经营开始严格管理了，对人行道上违法停放的汽车开始抄单处罚了，对建筑工地夜间违法施工的行为开始监测执法了……这些原本由其他部门履行的职责，如今一股脑儿交给了我们这些"新兵"。

　　可事情并没有那么容易。执法队员对人行道上违法停放的车辆抄了罚单，按道理，车主应该主动到指定的银行交纳罚款，但事实上这样的比例相当低。更有甚者，有的车主干脆就将执法队员粘在汽车挡风玻璃上的"行政处罚通知书"撕下，在上面写了"城管，你有毛病！"，然后将其贴在了附近的电灯杆上。

　　原本由交警部门一家管理的违法停车问题，人行道上的执法权划给了城管，慢车道上仍然由交警管理。有些"聪明"的人，干脆就将车子的两个轮子停在人行道上，另外两个轮子则停在了慢车道上，你拿他怎么办？

　　类似的困惑着实不少。

　　二〇〇三年春节前夕的一天，市委副书记来局里指导工作。当着全局处以上干部的面，副书记宣布了不啻晴天霹雳的消息：我局在新一轮市级机关的考核中，排名倒数第二，被评为"不满意单位"！

副书记十分严肃地通报了考核结果，罗列了一些群众最尖锐的批评意见，指出了我局存在的主要问题，会场的气氛极其尴尬，甚至有些肃穆。他明确要求我局针对问题认真抓好整改，并传达了市委市政府的决定：局长在全市作风建设大会上作表态发言，机关全体人员扣发年终奖。

呜呼，太不公平了！这一年多来的执法管理中，我们流血流汗，不少基层队员被打致伤，有的落下终身残疾。此时此刻，我们的心在流泪了。

但有什么办法呢？我市从二〇〇一年起，所有部门都要接受社会各界的评判，得分最后两名被确定为"不满意单位"！这样的结果，对于新生的城管执法局来说，无疑是当头一棒！

但是，这又何尝不是好事呢？从此以后，我们的一切工作，都应该想着怎样让老百姓满意，怎样通过努力迎来脱胎换骨般的改变！

迎难解决一千多条群众意见

　　眼看就要过年了，局里的气氛有些压抑。不仅盼了一年的年终奖被敲掉了，那顶"不满意单位"的帽子压得大家喘不过气来。

　　一天午饭后闲聊，说起即将到来的春节，大伙七嘴八舌地发着牢骚，心里都不好受。不知什么时候，局长也凑了过来。大伙见状，一下子都闷声不响了。

　　"年总是要好好过的，现实也只能勇敢地面对，老是牢骚满腹总不是个办法。你们说说看，对于打翻身仗，有什么好的想法？"局长发话了。

　　看得出来，这位久经沙场的老城管，正面临着职业生涯中最困难的时刻。整个单位甚至整个系统还有谁比他承受的压力更大呢？十多个月前，城管执法局轰轰烈烈成立的情景仿佛就在眼前，局长还代表全市城管执法人员作了表态讲话，声若洪钟，铿锵有力。而此时此刻，颇有些"出师未捷身先死"的悲壮。

看大家都不吱声，我说："局长，您看能不能由局领导带队，春节之前到每一位机关干部以及直属单位班子成员的家里走访一次？"坦率地说，这个念头在我脑子里盘桓有些时间了。记得在部队服役期间，但凡遇到重大的挫折，思想政治工作的作用便凸显出来。特别是本部队发生严重飞行事故后，领导们挨家挨户走访飞行员的家属，更利于快速稳定部队官兵的情绪。

"这是个好主意！"局长当天下午就召集有关人员商量了走访的事。

随后，局领导带着政治处、机关党委和工会的负责人，用了大约一个星期的晚上和休息天时间，一家不落地进行了走访。捎去了简单的慰问品，也带去了对家属们给予我们工作大力支持的感谢。我全程参与了走访慰问，很多时候场面十分感人。

不少家属拉着局长的手，眼泪都掉了下来。他们说："工作这么多年，从来没有爱人单位的领导上门慰问过，以后我们一定全力以赴支持爱人的工作。尽力当好城管义务宣传员和志愿者，你们城管执法局一定能够打翻身仗！"这样的场景，颇有些患难与共的味道，家人的理解与支持，让在场的机关干部感叹动容。

受领导指派，我去市有关部门提前领回了考核评比的"成绩单"。社会各界对我局提出的意见竟有一千多条，列全市数十个参评单位之首。看着这厚厚一摞包括队伍不文明、执法不规范等方面的"意见"，我的心情一下子平静了下来。原本满肚子的委屈和以为"不公平"的心绪，霎时烟消云散。

二〇〇三年春节前后，我的主要任务就是带着几位同事，分门别类地梳理这些"意见"。除极少数表扬或提出建议的"意见"之外，批评占了绝大多数。有些"意见"用词十分尖锐，甚至出现了骂我们是"土匪""强盗"之类的话，非常难听。其中可以看到，有些群众依然戴着有色眼镜，表述的是几年前的"城南旧事"，愤怒之情跃然纸上，足见其对城管的负面印象之深刻。

不容否认，大多数"意见"，还是比较具体的，时间地点事件等要素齐全，看上去言之有物，脉络清晰，击中要害。有些提意见的朋友，还专门留下了电话号码，期待你去与他核实处理。

其中有两条意见，至今我仍留有深刻印象。

一位署名老单的市民留言：经常在下午的下班时间段，看到穿着制服的执法队员在某农贸市场门口的小摊上买菜，看上去，这些队员和小摊老板厮混很熟的样子，彼此有说有笑的。这样的场面多了，难免让人产生疑虑，希望能够严加管束。

另一条意见，更是直截了当，指名道姓。说的是，某区局的C科长，某一天到所在单位平时定点的饭店请客吃饭，饭后不肯付钱，一定要让餐厅服务员记着账，以后由单位统一结算。服务员不认识他，不敢私自做主，不同意记账。想不到，C科长火从心头起，顺手操起桌子上的碟子，像甩飞碟一样朝服务员砸了过去。顿时，小姑娘中招，头上血流不止，哇哇大哭起来。饭店经理见状，赶紧报了警。警察快速赶来，C科长这才收了嚣张气焰，付了饭钱，向服务员道了歉，做出了一定的赔偿，悻悻地走了。

我们将这一千多条"意见"逐条梳理，按不同问题类型的意见多少作了排序。真的吓一跳，其中反映执法人员素质不高、形象不好的，就占了三分之一多。显然，抓队伍建设真是一个摆在面前的大问题。

按照局长的要求，副书记带领我们几个职能处室的负责人，到有关部门学习取经。我们到访的三个单位，其实是经过认真挑选的，非常有针对性。说白了，这三个单位在前两年的考核中都曾经被评为"不满意单位"，都是与老百姓生活比较密切的"权力"部门。如今，他们成功摘下了落后的帽子，我们却被戴上了。

走访过程中，我深切地体会到，这几个单位为了让老百姓满意，真的是使出了浑身解数，下了很大的力气。无一例外，他们都建立了专门的工作机构，采取了许多行之有效的措施，真正把老百姓的满意放在最重要的位置，瞄准问题，持之以恒，狠抓整改。其中有许多好的做法，值得我们学习借鉴。

一天下午，已经退居二线的甘处长，也就是前面文章中提到过的市容环卫局法规处处长找上门来，和我谈论本局被评为"不满意单位"的事。"邵处，我局眼下的日子不好过，春节后必定全力以赴抓整改，这个时候，总得有人站出来，主动为局里挑起这副担子。"听了甘处长的话，我多少有些惊讶。自从城管执法局成立，当时已经接近处级干部任职最高年龄的老甘便主动提出让贤，改任了调研员，过着相对自由而又悠闲的日子。

说起老甘，在局里还真是个响当当的人物。三十岁刚出头，他就成了某区市容环卫局局长，因虎虎有生气，工作常出彩，被领导看中，调到市局当处长，是个大伙心知肚明的预备"苗子"。老甘工作能力没得说，嘴巴却不轻易饶人，处里的干部常有被他训得哭了鼻子的。这样的脾性，多少有些得罪人，好几次提升的机会就与他擦肩而过了。一晃，他在中层的位置上干到了快退休的年龄。

他这次找上门来，到底是什么意思呢？特别是听了他对单位事情的看法，确实是有些出乎我的意料。"甘处，您的意思是？请您老明示哦！"我有些开玩笑地与他搭腔。

"很简单，这个时候正是考验人的时候，我希望你能够主动站出来，为局里多分点忧。局里年轻的处长不多，我看你是最合适的人选。如果你愿意干，我心甘情愿当你的助手，退休前咱们一起干他两年，不相信翻不了身！"老甘说着这些话的时候，语速飞快，唾沫星子乱飞，显然有些激动。

真的没有想到，老甘说出的这些想法，也是我这几天反复想起的心事。"大敌当前"，犹如在部队时有了急难险重的任务，总需要有人挺身而出，迎难而上。记得当年我团飞行员宿舍的墙面上，大大地写着"有任务就上，有红旗就扛""首战用我，用我必胜"这些大字，最终凝结成了空军"拳头团"的团队精神。作为其中曾经的一员，这种军营文化的因子早已融化在我的血液之中了。

只是，我自己当上处长只有一年多的时间，太"冒"了，是否合适？别人究竟会怎么看？这种纠结的心情，并非矫情造作，而是不得不细细思量的。现在好了，已经退居二线，离退休不太遥远的甘处都有这份豪情与担当，我还犹豫什么呢？

那个下午，我们俩的谈话非常愉悦，讨论的许多细节，心有灵犀。分手的时候，甘处面前的烟灰缸里堆满了烟头，我们两个大男人竟然满脸通红，比得了个什么大奖还兴奋！现在回过头去看，那个下午，对我来说，真是极有纪念意义的。

说干就干。

我用两三个晚上的时间，在笔记本上翻出我们到三家单位走访时记录的点点滴滴，直白点说吧，不少经验是可以直接"拿过来"为我所用的。我对照着一千多条经过认真"解剖"的社会各界的意见，整改的方向和路线图便渐渐明朗起来。尤其是和甘处的一席长谈，实现"进位摘帽"奋斗目标的决心愈加坚定了。终于，我在家里那台买了不久的台式电脑上，于二〇〇三春节假日期间，捣鼓出了一份叫作《创满意单位大纲》的东西。

后来的那次局党委会，是在一个非常寒冷的星期天的下午召开的，主题是研究如何创建满意单位。

书记提议，由我们几位参加外出"取经"的人员首先分别发言。令人欣慰的是，我那份《创满意单位大纲》中提出的观点与建议，大部分被采纳了。特别是"以创满意单位统揽全局"的工作理念和"市区联动，整体推进"的工作方法，以及抓队伍建设关键是抓好中队长这个关键、"支部建在中队"等想法，获得与会者的高度认同。

会议开得很热烈，参加会议的每一个人都发表了充满激情和希望的讲话，全然没有了前些日子打了败仗似的垂头丧气。会议最后决定，成立局创满意单位领导小组，局长任组长。下设办公室，简称"满意办"，负责日常事务，由我任主任，老甘任副主任。

"满意办"的职责主要是三大块:一是制订全年创满意单位工作计划,并组织实施;二是牵头对局机关各处室、直属单位的工作进行汇总、督促、考核与通报,对区局创满意单位工作进行指导;另外是整合局宣传办的力量,负责全局的新闻媒体宣传报道工作。

与此同时,我依然还得负责政治处的工作。往后的日子,我又得像陀螺一样高速旋转了。

值得欣慰的是,在一年之后的全市满意单位评比考核中,我局真的实现了"进位摘帽"的奋斗目标。

狂犬病致死与"屠狗事件"的舆情危机

　　说起城管，人们普遍的反应是：这事太难做了。可到底难在哪里呢?

　　有人说，整日行走于大街小巷，与执法队员捉迷藏的流动摊贩很难对付。有人说，一不留神就冒出来的违章建筑实在难以控制。也有人说，城市里机动车停车泊位严重不足，汽车违法停放的现象越来越多，一不小心还极易发生纠纷。还有人投诉，夜间施工的噪音太扰民了，怎么样才能把它管好?

　　坦率地说，这些城市管理领域中的"老大难"问题，确实是很难对付的，但它们毕竟还只是技术层面的问题。依我看来，从战略层面上观察，现阶段的城管难，主要难在社会各界还未形成相对一致的共识。

主要体现在两个方面。

一方面，城市到底需不需要城市管理？表面上看，这显然是个"伪命题"，是一个十足的悖论。城市当然需要依法管理啦！但是，要知道，自从二〇〇一年"相对集中行政处罚权"这个新型城管制度诞生的那一天起，"取消城管"的呼声就从来没有消停过。特别是在网络上，随意谩骂、断章取义、恶搞城管的事例数不胜数。

假如委托第三方中介机构，在网络空间发起一个"城管是保留还是取消"的选择性调查，从网民的评论和大 V 们的批评性文章来看，现阶段显然是后者占了多数，这基本上反映了社会层面对城管的负面评价。你信不？

有意思的是，我在许多次讲座中设计了现场调查的环节，故意提及这个"保留还是取消"的问题，征求听课者的意见。出乎我意料的是，回答"取消"的声音分贝，十次中竟然有八次占了上风。要知道，听课者基本上都是各级领导干部呢！

还未形成共识的另一个方面，是城市到底管到什么样子才是好的，也就是管理的标准问题。在老百姓口中，常常是公说公有理，婆说婆有理。

比如说吧，你上班的时候非常忙，回家后还要急着做晚饭。这时候，你最希望在回家途中或者小区门口的路边小摊上买到想吃的蔬菜，这样比去农贸市场购买方便多了。但有一天当你不需要买菜，就会发现这些小摊影响了你的通行，路面上还弄得脏兮兮的，你极可能心中不爽："这些城管干什么吃的，连个小摊也管不好！"

你看，即使同一个人，因为需求不同、地点不同，有时甚至因为心情不同，在日常生活中遇到城市管理中的同一类问题，也会产生截然不同的看法。

而城市管理涉及大多数问题，几乎都是与老百姓"吃喝拉撒睡"密切相关的。这样的特质，决定了这份工作的难度。

我曾经就此写了一篇短文，在"新浪"发表了，并一时成为热文。我好奇，去看一下网友们是怎样看待这件事情的。由于用了实名，而且编辑加了我原来在城管岗位上担任过的职务。这一下不得了！当时恰逢中日钓鱼岛争端十分激烈，网友评论中列第一的是，"你这个老城管怎么还在这里强调理由？你怎么不带领城管队员们去守钓鱼岛？"

我晕！这跟钓鱼岛能够扯上什么关系？但，这就是网络对城管的认知。这样的看法，在网民中，一时半会恐怕不会有大的改变。

我再说说狗的事。

如今，老百姓的生活越来越好，城市里养狗的人越来越多了。从全国各地的情况看，有的城市由公安负责犬类管理，也有的地方犬类由城管负责。这些年，犬类管理已经成了真正的热点问题。

有一年，云南的牟定和山东的济宁，相继出现多起因狂犬病而导致市民死亡的事件。当地政府为了保护人民群众的生命安全，宣布对狂犬病疫区范围内的犬类进行捕杀。一时，舆论激愤，针对所谓的"屠狗事件"，网络上和报纸上的批评性文章铺天盖地，持续了很长时间。

恰在此时，我所在的城市郊区某街道，一市民被自己养的小狗咬伤之后，由于未及时采取相关措施，导致狂犬病发作而死亡。此事经媒体报道后，迅速引发了又一轮关于犬类问题的讨论。有好几家媒体直接抛出问题：本地已经有市民因狂犬病致死了，城管执法部门有什么办法避免此类事件再次发生？

一时间，十多家媒体齐刷刷找上门来，希望我们能对老百姓有个明确的答复。

我局第一反应是，迅速组织开展全市性的大规模犬类管理执法整治行动，重点关注一早一晚违法遛狗行为多发时段和公园、广场等公共场所。

同时，我们联合《杭州日报》开设了专栏，就家庭养狗问题进行专题讨论。但很显然，舆论界对我们的努力并不买账，几乎每家媒体都派人陆陆续续来到我局，探访最新的消息。

怎么办？

局长召集我们商量。其中一个重要的对策，就是在继续开展大规模整治的同时，召开一个由喜欢养狗的人士和反对养狗的人士参加的辩论会，听听市民的意见。

我们通过《杭州日报》读者热线电话，面向全市征集三十位喜欢养狗的人士和三十位反对养狗的人士。报社相当给力，为此专门刊发了通告。开通热线的当天，报社向我们反馈，两路热线电话开通后不到两个小时，六十个名额就报满了。工作人员问："你们还需要人吗？"

这个讯息，让我们一下子警觉起来。大家的关注度如此之高，多少有些出乎我们的预料。看样子，养狗的问题确实不是个小事。

我们紧急商议确定，原本闭门召开的辩论会必须变换地方和形式。到哪里去开？有人提议，这会议干脆到"卫星"上去开，也就是到浙江卫视去开！怎么开？用现场直播的方式，透明着开。

这还真是个好主意！当然，这么做的风险也是很大的，毕竟，这样的事我们从来没有做过。万一把控不好，后果很难预料。

浙江卫视的记者也一直在关注狂犬病致人死亡的事件，听了我们的想法，高兴得很，双方一拍即合。电视台方面十分重视，派出专业人员与我们一起探讨，怎么把这个叫作"面对面"的专题节目做好。

辩论会是在某天晚上的八点开始的。偌大的演播大厅里，按八字形布置了两个"阵营"，一边是三十位爱狗人士，一边是三十位反对养狗的人士。中间呢，摆放了三张椅子，除主持人之外，还特意邀请了我局局长和浙江大学的一位管理学教授作为嘉宾。几台摄像机严阵以待，气氛有些不一样。因为是现场直播，不能出岔子，节目开始前，导演反复地讲了注意事项。

时间一到，主持人进入角色，流利地说明此次辩论会的意图，宣布辩论正式开始。

喜欢养狗的一方中，有一位男士举起来手来示意，率先发言。他说："我的儿子旺旺可懂事了，每次我下班回家，只要一听到我的脚步声，他就会叼了拖鞋在门口等我，那个亲热啊！别提了……"这老兄有些得意，滔滔不绝地说个没完没了。

他旁边的一位大姐不耐烦了，一把夺过了话筒："你别吹啦，我的女儿花花还要有意思呢。她天天晚上蹲在我的身边陪我看电视，晚上还要陪我睡觉呢……"

这时，反对养狗的人群中有一位大伯举手示意，表示有话要讲。工作人员连忙给他递上一个话筒。

大伯站了起来，一接过话筒，立马手指着对方的团队骂道："你们这帮畜牲！"现场所有的人为之一愣，随后爆发出笑声。

"明知道我这样骂人不文明，显得很没教养。但你们一口一个儿子一个女儿的叫唤，人畜不分，实在太过分了！"大伯的脸涨得通红，脖子上的筋也鼓起来了。"你们喜欢养狗，是你们的自由，我不想干涉。可是你们有没有顾及我们这些不喜欢养狗，甚至怕狗的人的感受？"

大伯提高了嗓门，显然十分激动。"有一天，吃完了晚饭，我和老伴打算去小区公园里散散步。没想到，电梯下到一楼，门刚打开，邻居家的金毛一下子蹿了进来，朝我身上扑过来。我从小就害怕狗，又有严重的高血压，心脏也不大好。这一下把我吓蒙了，只觉得两腿发软，就倒在了地上。"大家一下子静了下来，听大伯接着讲。

"多亏了老伴随身带了救命的药，赶紧帮我服了下去，我总算捡回一条老命，今天才有机会在这里骂你们！"大伯气呼呼的，意犹未尽。

大伯的发言，一下子点燃了反对养狗的人们的火气。场面火爆了起来。接过话筒的那位大姐说起她的遭遇，连珠炮似的流畅，冒出来的话语带着浓烈的火药味。仔细倾听，确实挺值得同情的。

一时间，双方拿着话筒的两位发言人，针锋相对，言辞犀利，不时有连珠妙语迸发，辩论非常精彩。即使我们这些在一旁"观战"的人，情绪也似乎被他们带动了起来。

随着讨论的深入，大伙发言很踊跃，话筒在人们的手中传递着。

忽然，意想不到的一幕出现了。两位手持话筒的发言者，越说越激动，手指着对方，音量分贝也越来越大，引得双方参会者屁股纷纷离了座位，相互将手指向对方，并有往中间移动的趋势……

导演赶紧上前，指挥转播组"马上插播广告！"大着嗓门呼喊，要求大家保持冷静。

在插播广告的十多分钟时间里，我们与导演一起，希望双方停止"是否可以养狗"的辩论，而应该集中精力来讨论怎样文明、规范、科学地养狗。

经过一段时间的冷却，下半场的讨论就理性多了。双方摒弃前嫌，围绕一个目标来出主意、想办法，提出了许多建设性的意见和建议。有的说，可以建立全市性的志愿者劝导队，对违法遛狗行为进行宣传和劝阻。也有的说，政府有关部门应该把服务工作做到社区，方便老百姓……

会后，我们认真梳理了与会者的发言，专门向市政府作了专题汇报。重点提出了两条建议：一是由市政府组织召开协调会，召集工商、卫生、城管、执法等职能部门，在属地政府的支持配合下，深入社区开展大规模宣传，为有需求的市民现场直接办理《养犬登记证》，省得老百姓跑腿；二是通过市政府提请市人大适时修订《犬类管理办法》，以修改那些已经不合时宜的规定。

大家迅速行动起来。我局牵头进一步加大了重点时段重要场所的犬类执法整治力度。每个区政府都组成若干个小组，深入社区开展宣传、办证等服务工作。

各家媒体的记者们纷纷将镜头对准了执法现场的忙碌，瞄准了社区服务的温馨。应该说，一场由狂犬病致人死亡引发的危机，在新闻媒体的全程参与和监督下，至此基本上得到了平息。

尤为可贵的是，我市的犬类管理从此走上了规范化的道路。相关部门进社区开展犬类管理服务，早已成为常态。据了解，我市城区的犬类办证率，在全国是排前几名之内的。

如此说来，还真的应了那句老话——坏事可以变成好事。

谁说城管是个"垃圾桶"，想扔啥都行？

城市管理涉及千家万户，事关市民群众吃喝拉撒，虽然不太显眼，却是典型的民生"关键小事"。

全国县级及以上的城市，均有城管执法队伍，而具体工作的职责，早已延伸到了街道乡镇和社区。但就是这么一支庞大的队伍，在当时，到了省里就没有相应的管理机构了。在我眼里，这颇有些"孤儿"的味道，形象点说，可谓"子孙满堂，没有爹娘"。

就全国范围看，凡是具有行政执法职能的政府部门，无不从中央到地方形成规范的序列，公安、工商、质检等等，皆是如此。这些部门，有国家层面的法律，有全国统一的标识与着装，有内部建设的标准与要求，而城管呢？

因为"没有爹娘"，上头没人，话语权就相应缺失。一些别人不愿管、很难管、管不好的事，趁职责划分之机，就塞了过来。最典型的，莫过于机动车违法停放的查处。原来这件事由一顶大盖帽就可以管好的，后来一拆为二：人行道上违法停车归城管查处，其他地方违法停车的查处仍然由交警部门负责。这不是有违"避免多头执法，减少执法扰民"的要求了吗？

为什么会出现这样的情况？

请原谅我"以小人之心度君子之腹"。人行道上的违法停车之所以会交给城管查处，大致上有这么一些因素。人行道上乱停车，会影响行人通行，老百姓有意见。这些乱停放的车子很容易压坏了人行道板，路不平坦了，下雨后就会积水，一不小心会有"水老鼠"蹿上来，弄得你一身一脸的脏水，没有人不愤怒的。当然了，对人行道上那些违法停放的车辆，执法人员需要步行着一辆一辆地检查核实，履行执法程序，工作量大，麻烦得很。

如果，碰上有的驾驶员将车辆的右边两个轮子停在了人行道上，左边的两个轮子停在了慢车道上，谁来查处更合适？

事实上，这样的事还真的出现过不少。

即使城管队员对违停的车辆取了证，贴上了处罚通知书，一旦车主不主动去缴纳罚款，你压根儿就没辙！所以，当时我们通行的做法是，城管会与交警部门形成一个合作的制度，来解决这些新出现的问题，我们业内有些自嘲地美其名曰："体制不足机制补。"

在具体的工作中，某些部门还真的将城管执法部门当成了"垃圾桶"，一些管不好而又不想管的事，便想着法子，使出各种招数，企图将它们扔进"垃圾桶"里。我还真的好几次遇到了这么奇葩的事。

最早提出要求的，是旅游部门。该局准备通过分管的市领导召集有关部门，来协调解决主城区那些乱拉客人的"野导"的管理问题，而且初步的处理意见，是由城管部门来接手这份光荣而艰巨的任务。

作为举世闻名的风景旅游城市，每年都有数以千万计的中外游客拥入我市。于是，一些人便动起了歪脑筋，他们逗留于城市入口、车站里、西湖边，有些甚至蹲守在红绿灯附近，不惜冒着生命危险，游走在因为红灯而暂停的车流间，"热心"地为外地游客带路，趁机谋求不正当利益。对这些有损城市形象的"毒瘤"，包括我在内的老百姓，都非常痛恨。对这些散兵游勇进行整治，实在很有必要。可是？

　　参加会议之前，我让法规处长帮我搜集一下有关导游管理方面的法律法规。真是不找不知道，一找吓一跳。从国家到我所在的城市，涉及导游管理的法律法规竟有八部之多！它们无一例外地规定，导游的管理由旅游行政主管部门负责。其中，《中华人民共和国旅游法》第五十八条规定：县级以上人民政府旅游主管部门有权对导游和领队等旅游从业人员的服务行为实施监督检查。

　　呵呵，学习了这些法律法规，我心里一下子就有了与他们"叫板"的底气。

　　协调会开始了。针对旅游部门领导的发言，我反问："据我了解，从国家到我市，一共有八部法律法规，明确导游的管理由你们负责，这里所说的导游当然应该包括正式的导游人员和'野导'了。从国家到我市，都有政府主管部门，也都明确了监督检查的职责和机构。既然如此，你们为什么还要将'野导'管理的责任推给我们呢？"

　　主持会议的市领导听罢，点了点头，随即对旅游部门的领导说："你再详细说说理由。"

从神色上看，旅游部门的领导显然有些意外。一般来说，类似的协调会，通常都是责任部门已经提前向分管市领导作过汇报，并已基本明确协调意见。说白了，召开协调会，无非是履行一个形式，便于有关方面进一步达成共识，形成会议纪要。

他说："法律法规确实是这样明确的。不过，我们基层质量监督所的人实在太少了，这么大一个风景区，基本上整个城区全域都是风景区，根本对付不过来。"他朝我这边看看，"这'野导'么，还是交给城管来管比较合适，城管的弟兄们人多，战斗力强！"

大家哄的一声笑了。

很显然，旅游部门领导的话有些牵强了。毕竟，一个部门的工作职责，在法律法规十分明确而且并不存在交叉的情况下，绝不可以人为地随便划转。这是依法行政的基本要义和法治精神。

市领导最后拍了板，认为我的陈述有道理，"野导"问题还是应该由旅游部门来负责。至于旅游监督检查力量不足的问题，会议根据我市的实际情况，在相关参会部门的支持下，达成了对执法人员编制进行补充的初步意见。

这事，总算对付过去了。

孰料，好景不长，一波刚平又起了一波。

那一年，我市为迎接全国文明城市大检查，决定对全市绕城高速公路之内的废品收购点进行整治规范。坦率地说，当时的废品收购点还不是很规范，有相当数量的收购点是露天经营。这些收购点乱堆乱放严重，有的污水横流，明显影响市容市貌，还侵占了大量宝贵的土地资源。有的收购点开设在了违章建筑里，不配备应有的消防设施，没有行业性的规范制度，存在严重的安全隐患。

除了整治不合规的收购场所之外，这次整治的另一个重要任务，就是要规范废品收购人员的管理，所有收废品用的三轮车都实行证件管理。

此项工作历来由贸易部门管理。该局领导提前向市政府分管副秘书长做了汇报，要求将收废品的三轮车交由城管执法局负责。

会前，我们发动全市城管的基层力量作了一个调查，绕城高速公路内的废品收购点竟然多达一千八百多处。我抽时间走访了几处废品收购点，了解它们的营销情况以及相对固定供货的三轮车数量。我还与部分收废品的人员交谈，了解他们大致的工作规律。这样的抽样调查，让我有了一个大致的印象。在一个超大城市里，骑着三轮车收废品的人，还真不是个小数目。

副秘书长主持召开的会议，颇有点戏剧性的味道。

同样，贸易局的领导一开始就提出，"我们希望，以后收废品有证的三轮车仍然归我们负责，那些没有证件的三轮车，由城管执法部门管理。"

我问贸易局的领导："你们管理这块工作很久了，怎么现在提出要将收废品的三轮车交给我们呢？"

他的回答很有意思："城管执法队员每天穿街走巷，他们行走的线路，与收废品的三轮车是完全一致的。"

会场里自然传出一阵会心的笑声。

呜呼，这是什么劳什子的理由啊！

我耐着性子追问："那我问你，你们通过这么多年的努力，已经给多少辆收废品的三轮车发了证？"

"呃，不好意思，到目前为止，暂时还没有发出过一张收购证。"

"既然如此，你们提出这个问题就没有什么意义了。"都是抬头不见低头见的熟人，我也不能把话说死，"不过，对于收购废品的行为，我们也有一定的管理责任，对于那些利用人行道翻捡整理废品的行为，三轮车在人行道上随意停放的行为，我们还是会及时制止和纠正，不听劝阻、不及时纠正的，应该按照有关规定予以处罚。"

参加会议的法制等相关部门也都纷纷发言，支持我局的意见。

副秘书长工作经验丰富，在听取了大家的意见后，主持了公道，这事依旧维持了"原判"。

在恍若闹剧的氛围中，我似乎又当了一回城管的守门员。

看似无解的跨部门任务

二〇〇七年九月二十八日夜，想起近期工作上遇到的麻烦，我有感而发，写了一篇《说说停车这件烦心事》的文章。现在看来，这篇一直不敢发给媒体的小文还是有些意思的，不妨全文抄录如下：

确实有些出乎意料，中国那么快就进入了汽车时代。眼下，凡大中城市，政府无不为行路难、停车难而伤透脑筋。与此同时，老百姓对此也是颇有怨言。不说别的，仅是停车问题，就够有车族闹心的了。有人打趣，这已经是国家级的难题了，笔者深以为然。

从表面上看，城市里的交通拥堵问题，是因为汽车拥有量剧增而公共资源不足引起的。而如果稍微从深层次方面分析，会发现，这是政府长期对公共资源建设的欠账和行政管理上的不足而导致的积重难返。试想，我们的城市规划是否真正做到了"高起点规划"，预计并留下了足够的发展空间？起码，在停车场地的建设方面，是大大落后了。即使现在，问题已经暴露无遗了，城市中心的土地大都还是高价拍卖给了房地产公司，有几处腾出来建设停车场所的？当然，这里面也有管理方面的因素。

常听有车一族的朋友抱怨：小区里停车位僧多粥少，下班回去迟了就没地方停，停在外面又不放心，为停车很容易引发邻居之间的矛盾。有了车子早上反而比以前起得更早，出门更早，为的是到单位"抢占"有限的停车位置。到外面办事停车不方便，收费太贵不说，找就近的位置也不容易，汽车反倒成了累赘，一不小心还会吃交警和城管的罚单……对此，笔者也深有同感。

前不久，听到一组相关的数据，让人感慨。笔者所在的城市，城区拥有车辆三十七万，且以每年六万辆的速度递增，而城区目前总共拥有的停车泊位仅有十四万多一点。如此巨大的落差，足以说明停车为什么难了。加上省会城市，外来车辆很多，停车难问题越发雪上加霜。

对此难题，大家仁者见仁，智者见智，发表了很多高见，媒体也经常拿出来热炒一番。一些诸如错时停车、单双号通行、高额限停等措施应运而生。政府也作了一定的努力，大型立交桥下开发停车库，背街小巷改善后划出一定的停车位。应该说，这些措施虽然起到了一定的作用，但就总体的大环境而言，仍是杯水车薪。

据说，在欧美发达国家，是按照车辆与泊车位一比一点二的比例建设停车场所的。大型的公共场所，必配备大型的停车场地。高层建筑的下面几层，都是室内立体停车库。在中国香港、澳门等地，马路不见得宽，车辆拥有量也非常密集，但这些城市显示出的高超的交通组织能力，让人敬佩。中国内地则有不一样的国情，凡事不可能一口吃成个胖子，有差距也属正常。再说了，谁也想不到汽车行业会在我国发展得如此迅猛，我们的规划本来就是大多缺乏长远眼光的修修改改。问题是，面对停车难的问题，我们是应该向人家学习的，在城市规划、建设、管理乃至交通组织等各个方面吸取他人长处，切实改进不足。

　　说到停车难，还要说说那讨厌的罚单。有时候，因为急事暂时停在了慢车道，回来一看，交警的罚单已经贴在挡风玻璃上了。有时候确实没有地方停，人行道上短时间停一会，城管的罚单就紧随而至。说真的，作为公民，是应该自觉遵守城市管理的有关规定，也理解交警、城管的处罚，他们是在履行公务。问题在于，我买了车，政府没有提供足够的停车位啊！有谁愿意冒着风险乱停车？有时真的是迫不得已啊！

　　愚以为，政府在短时间不可能从根本上改变停车难现状的情况下，既要严格管理和执法，也应该从人性化的角度，尽可能做一些疏导的工作。比如说，晚上七点以后到早上七点以前，一些停在不是主要道路社区门口慢车道和人行道上的汽车，交警和城管就别抄单了，法不责众啊。部分医院、银行、饭店等场所的公共空地上，只要业主有要求，允许他们出资对地面进行加固，然后管理部门审批画线，开辟临时停车位，由业主落实管理责任，多好。

　　据笔者观察，人行道和建筑物立面之间的公共空地，有许多地方是非常宽敞的，管理部门能否辛苦一点，搞个调查摸底，在不侵占人行道的前提下，把这些资源也利用起来？南宁这方面就做得很好。

当然了，缓解停车难，归根结底是要在规划、建设、投入上下功夫，在提高管理能力上下功夫。盼望着政府能够在飞速推进的城市建设过程中，拿出一系列的有效措施，有效缓解"车民"们的心头之患。特别是，能否在市中心城市改造的过程中，少拍卖几块土地，多建设几座立体停车库？

在这篇文章写成后的这些年，城市的汽车拥有量呈井喷式增长。即使采取了限号限购等一系列措施，加快了兴建地铁、隧道、立交桥等交通基础设施的进程，我市的早晚高峰仍然有些堵得慌。

新来的市领导高度关注交通拥堵问题，连着一个月，早高峰时段到交警部门调研。之后发现，主干道早高峰拥堵的一个很重要的原因，是遍布于社区的背街小巷里，那些连夜停放的车辆造成了堵塞。就好比一条大河发洪水了，原本应该向支流通畅地分泄，可现在堵住了去路。必须解决这个堵塞问题，重点是对全市路幅六米以下道路违法停放的车辆进行严肃查处，市领导形象地称之为"打通毛细血管"。

简而言之，主干道早高峰拥堵的背后，是主城区停车位严重不足的现实。

而道路的交通管理，理应由交警部门承担。

交警部门的领导抢先一步，向市领导献上一计：早高峰时段，我们所有的力量都压到马路上去了，根本就没有其他的人马了。不如将这个事交给城管，他们就是在小街小巷执法的，再说查处违法停车也是城管执法局的职责。

市领导听着有道理，便采纳了交警部门的建议。他随即召见了我局和交警部门的主要领导，作了详细交办，希望城管执法局能够在"打通毛细血管"这件事上，尽快行动，严格执法，切实为缓解早高峰交通拥堵作出努力。

刚刚从另外单位调来不久的局领导兴冲冲地领了任务回来，立马召集大家商量怎么完成好上级交办的任务。

问题马上来了。城管执法局平时就要做到二十四小时全天候管理，本来的兵力就捉襟见肘，干部队员加班加点是常态。更何况，全市六米以下的道路数以千计，量大面广，哪里还有多余的力量投入到早高峰来临之前？

更不可能的是，六米以下的支小路和背街小巷，因为已经够窄了，一般不会再铺设人行道。那么，那些违法停放在非人行道上的汽车，按照法律规定必须由交警部门来查处。如果城管越俎代庖，去贴了罚单，岂不自己就违法了？

看大家讨论热烈，情绪激动，又说得在理，局领导有些为难了："我都已经答应市领导了，这怎么办？大家出出主意吧。"

"不妨请交警部门提供一个清单，看看主城区六米以下的道路到底有多少条，并要求注明是否有人行道。其中凡是铺设了人行道，而且汽车违法停放在人行道上的，一律由我局查处。其他的，就只能还给交警部门了。否则，我们要当无数次的被告了。"我表达了自己的意见。

其他几位同事也是这样的观点。几年下来，我们吃过的苦头不少了，在实践中多了一些依法行政的观念，也多了一些敢于拒绝乱交给我们任务的勇气。

没想到，局领导顺势接过我的话，"也只能这样了，你想想办法吧，把这事还给交警部门。"

无奈，我只得硬着头皮，承担起这看起来不可能完成的任务。

好在市政府分管城建城管的L副秘书长业务非常精通，而且对城管执法工作的难处十分理解，她看了我们递交的"解释材料"后，爽快地答应："这事情你们执法局怎么做得了？完全是交警的事，我帮你们协调，市领导那里我也会替你们解释的。"

这敢情好啊！我们遇上了实事求是敢于担当的好领导。尤其令我们高兴的是，交警部门也是由她分管的，这样协调起来显然会方便许多。

可事情没有想象的那么简单。交警方面因为有市领导的明确意见，死活不愿意接回这只好不容易踢出去的皮球。L副秘书长真的古道热肠，场上场下进行了多次沟通协商。

后来，在L副秘书长的斡旋下，市政府为交警部门增配了一定数量的交通协管员，增加了相应的工作经费，交警部门的一把手似乎也"心软"了，这件事终于得到了解决。

嗨！这世界上，许多事情就是有那么巧。

大约一年之后，市里一纸红头文件，交警部门的一把手调到了我们单位，我们成了一个班子里的同事。

有一次，我们俩私下聊起那件往事。

他嘿嘿直笑，"因为人手紧张，原本我是想向市领导叫叫苦，顺便增加点人员和经费的。没想到，市领导同意了，而且你们局的领导也欣然同意了。"他装出有些嗔怒："要不是你这家伙搅和，这事就交过来啦！"

我反击道："要是当初真的将全市六米以下道路违停车辆的执法权交给了我们，现在你调过来了，我会立即向一把手建议，由你来分管违法停车的执法查处工作。这叫'以牙还牙'。"

老小区晾晒衣物难，我们来解决

　　江南一带，梅子黄了的时节，淅淅沥沥的小雨就多了起来。空气中仿佛悬浮着水珠，湿漉漉地黏人。那些没洗干净或没晒透的衣物，很容易就长出了茸茸的白毛。这时候，往往是细密的雨间歇性地停了，热辣辣的阳光便迫不及待地洒下来，刺得人头皮生疼。当地人都知晓，真正的酷暑马上就要来临了。这段时间，被称为"黄梅天"。

　　那一年的黄梅天，给我留下难以忘怀的印记。不为别的，只因为那些漫天飞舞在街头小巷的床单衣物。

　　那天晚上的新闻时段，省市好几家电视台都在说同一件事：当天下午，连下三天的雨终于停了，河道两边的树木上、巷子里电线杆之间拉起的绳子上、商铺门前临时搭起的架子上，到处都是晾晒着的衣物。

镜头中，有市民不高兴："这样随便晾衣物，把城市弄得乱糟糟的，太不雅观了，真应该好好管一管。"也有一个大妈对着镜头叹苦经："我住着的是老小区，平时太阳都不大晒得到，再说小区里挤得很，只好把衣服拿到河边来晒，实在是没办法呀。"

第二天，杭城多家纸质媒体纷纷刊登图片新闻，连同市民群众的议论，图文并茂，洋洋洒洒，俨然成为热点话题。

我们迅速组织执法队员编成若干小组，分几路赶到媒体点到名字的小区了解情况。

说起晾衣服难，大伯大妈们抢着吐苦水。有的说，自从她嫁过来，住在这里四十多年了，一直都是在附近的两株树上拉一根绳子来晾衣服的。有时候，就直接将被子摊在了修剪整齐的绿化带上。也有的说，这实在是迫不得已，老房子没有阳台，衣物晒在外面到底不方便，有时会被突然落下来的雨淋个湿透，有时还会发生丢失的现象。

面对执法人员，老人们有些激动，七嘴八舌的，提了很多意见。其中有一条听上去蛮实在：既然你们说城市公共空间和绿化带上不能晾衣服，那我们的衣服晾到哪里去？天长日久的，总该有个解决的办法吧？

是啊，是该有个解决的办法！

按有关规定："禁止在道路两侧护栏、电杆、树木、绿篱等处晾晒衣物，违反规定的，由行政执法机关责令其改正，并可处以五十元以上五百元以下罚款。"而现实中，这样的现象还是比较普遍的，确实有些法不责众的味道。

大家琢磨着，怎样来破解这个难题？硬干，用"一禁了之"，显然有违民意。但拖下去，也绝对不是个办法。

在一次内部的讨论会上，一个好点子冒了出来。

俗话说，解铃还须系铃人。既然是媒体率先曝了光，我们何不借助媒体来做做功课呢？

这主意好。我们来到《杭州日报》，希望能够得到他们的帮助。那个下午，我们与资深媒体人老莫和年轻记者小张，在有些杂乱的编辑部里讨论得很热乎，一份精心策划的"系列报道方案"弄好了。

第三天起，该报在"民情日记"栏目里，推出了"小区晾衣难，你来说说看"系列访谈。一时间，针对这个话题，读者们踊跃发言，献计献策，持续"热"了好几天。其中，有一位读者建议，能否搞一个适合小区内部使用的晾衣架设计比赛？更多的读者希望，政府要把这件小事管起来。

我们顺应读者的呼声，对原来的报道计划作了适当修正，顺势向广大读者推出了"小区晾衣架设计有奖竞赛"。

没料想，读者们真的好热情，通知见报后，晾衣架的设计稿件像雪片般地飞向编辑部。有直角式可以直接安装在墙上的，有单杠式可以见缝插针固定在绿地上的，也有带着小型雨棚式的……

哪些样式的晾衣架最好？当然是群众说了算呀！我们从中挑选了十幅作品作为候选，刊登在报纸上，接受读者的评议，得票靠前的五幅入选。当然，选中了的读者，可以参加抽奖。读者们的选择很快就有了结果，五个入选的衣架式样，还真的很妥帖。张榜公示出来后，读者的反响不错。当然，大家更期待着，这些纸上的图案，能够早日变成小区里为民解忧的家当。

我们按照预定的计划，向企业界发出呼唤，有哪家爱心企业愿意来低成本地制作这些晾衣架？因为，这毕竟不是大批量的产品，费工序不说，尺寸不同，形状各异，确实有些麻烦的。

消息见报次日，一家本土企业的掌门人老沈找上门来。这家企业二十世纪八十年代末期起步，几个工人，几把榔头，在老沈的率领下，披荆斩棘，愣是发展成了上规模的先进制造企业。老沈说："我们企业是在社会各界关心支持下一路走过来的，现在发展得不错，理应为社会做点事。最近看了你们在报纸上刊发了晾衣服难的系列报道，很有感触。小时候，我们也是几家人挤住在一个大杂院里的。你们这次需要的晾衣架，包在我身上了。全部免费！"

这真是太好了！

紧接着，我们将记者采访老沈和他企业的事迹登了出来，把老沈奉献社会的爱心告诉了亲爱的读者们。想不到，一件城市管理中的难题，引发了社会爱心的涌动。其中，有一位读者打进电话来，说是等到晾衣架做好了，告知一声，他会请了假，义务来做安装工。

等了一段时间后，老沈做的第一批五百个晾衣架就好了。我们在报上醒目位置发了消息，将对有需求的社区进行报名登记，约定谁先报名，谁就先安装。热线电话开通后，一大批社区争先恐后地报了名。

我们想起了那位愿意请假来做义务安装工的朋友，一个新的想法就冒了出来。

我们提前几天刊发了通知，休息天准备到哪几个社区安装晾衣架，同时面向全社会征集志愿者。报名还真的热闹，以至于我们不得不采取了措施"刹车"，告诉热心的朋友们下次还有机会。

周六上午，几路车队分别奔赴相关的社区。大家不亦乐乎地忙碌，在社区干部的配合下，一个个造型新颖的金属晾衣架，固定在了社区预先选定的位置，熠熠发光。

大伯大妈们围上来，给忙碌着的志愿者递上矿泉水，"谢谢你们，从今往后我们终于可以安心地晾衣服啦！"

随后几天的报纸和电视编发的新闻中，簇新的晾衣架和上面吊挂着的衣物成了一道养眼的风景。《杭州日报》还专门配发了"评论员文章"，为政府部门解决老百姓的"关键小事"叫好。

事后，我局专门给市政府写了一份材料，建议在今后实施老旧小区改造时，解决老百姓晾衣服难的问题，必须成为一个实实在在的"标配"。而且，这份钱，应该核算在政府部门的工程款内。

这件事，前后历时两个月，我们与《杭州日报》紧密合作，放手发动群众，紧紧依靠群众，没有开出一张罚单，长期困扰部分市民的难题得到了有效解决。从一个侧面，实践了"城市管理以人民群众拥护不拥护、赞成不赞成、高兴不高兴、满意不满意为目标"的理念。在一步一步向前推进的过程中，我们尝到了广泛发动人民群众参与其中的甜头。

习总书记要求，"领导干部要增强同媒体打交道的能力，善于运用媒体宣讲政策主张、了解社情民意、发现矛盾问题、引导社会情绪、动员人民群众、推动实际工作"。

如何善待媒体、合作媒体，的确是一个值得我们深思的问题。

曾记得，我早年参加过多次培训，其中都有类似的一课——"领导干部怎样应对媒体？"老师在课堂上教授的那些"应对招数"早已忘了，但政府部门与媒体之间到底应该怎样相处这个问题，引起了我的特别关注。坦率地讲，对"应对"的提法，我不敢苟同。

我以为，政府的工作，不仅需要媒体的监督，从某种意义上说，更需要媒体的合作。如果工作到位，在媒体的合力作用下，不同的声音能够发出，复杂的现实得以呈现，决策的难处摊在了阳光下，公众的智慧能为我所用。

多好的事啊！

后来，好多次遇到城市管理工作中的棘手问题时，我们都主动找上门去，同媒体的朋友商量，借助媒体的力量，找到了解决的办法。

社区管理的事，请老百姓来当裁判

上一次讲到了老旧小区老百姓晾晒衣服难的事。其实，小区是市民集聚的地方，不少平常人眼里的"小事儿"，看上去根本摆不上桌面，但一旦出现了，还真的挺难办。俗话说"百姓百姓百条心"，是有些道理的。

还清楚地记得，二〇〇六年夏季的有一段时间，我局指挥中心反复收到同一位举报人的投诉，反映其所住小区门口的一个修鞋摊乱摆乱放，不仅影响居民正常出行，环境卫生也是脏乱差。

群众的投诉当然得重视。诡异的是，无论是指挥中心多次派人到现场督查察看，还是属地城管部门报告，都反映说，这个修鞋摊摆了好多年了，姓陈的师傅手上活儿好，价格也公道。

说起陈师傅，好几位大伯大妈还竖起了大拇指。

到底是怎么回事？

看样子，该找个合适的办法去弄弄清楚。许多时候，坐在办公室，觉得都是问题，深入到了基层，就能找到破解问题的办法。

我和大伙商量，最终决定，到该小区开个现场会。

为了保护投诉者，也为了让更多的市民朋友来参与，我们委托社区管委会，逐个上门邀请了包括投诉者在内的相邻几个楼道的十五名市民来开会。会议主要围绕小区门口的修鞋摊展开讨论。

短暂的沉默后，张大伯率先发言，他说："这个小摊在我们小区摆了十多年了，摊主蛮热心蛮和善的，我家的鞋子、拉链坏了，都是找他去修理的。他确实给大家带来了许多的方便，我看应该留下来。"

沈大姐有点不同意见，她说："陈师傅人是不错，活也干得漂亮，但有时候铺子摊得太开，地面上东西乱放，有点乱七八糟，影响了环境卫生和美观。"

自我介绍经常在小摊边坐一坐的徐大伯声若洪钟，"老陈这个人，蛮地道。他经常协助门卫维护秩序，有好几次还主动归还了市民遗失的钱包和物品。隔壁好几个小区的居民，都是来找他修理的。"

大家你一言我一语，总的来说，陈师傅的口碑还是不错的。但显然，也有几位参会者不愿多说。

从讨论的情况看，明摆着，大多数人是支持老陈的修鞋摊继续摆下去的，但怎么样说服投诉者呢？

按照事先准备的其中一个预案，我们决定干脆来一次"票决"，这个修鞋摊能不能摆下去，让老百姓说了算！

十五张票和十五支笔发给了每一个参会者。票上印着简单的两个栏目，"同意保留"和"反对保留"，请大家匿名做出一个选择。

票子很快收拢来。我们请大家推荐两位"监票人"负责计票。在大家的注视下，计票结果很快就出来了。徐大伯高声宣布："一共收到有效票十五张，同意保留修鞋摊的十四票，反对的一票。"说完，带头拍起了巴掌。

随即，跟着响起了一片掌声。

见此情景，我们心里就有了底。

我们趁热打铁，将陈师傅请来，当着十五位市民的面，"约法三章"，对经营活动提出明确的要求。比如，摊位必须摆在规定的白线范围内，不得影响居民通行，不得影响环境卫生，自觉接受群众监督。厚道的陈师傅连连称是，说着感谢的话，朝大家深深鞠了一躬！

掌声又一次响了起来，挺热烈的。

从此以后，这个曾经的反复投诉终于销号了！而且，再也没有出现过投诉。显然，原来一直投诉反映的那位市民，看到了民意的力量，也看到了我们政府管理部门的诚意。至少，他作为监督者，对整改以后的现状表示了满意。

这件事，倒是给我们带来一点启发。城市中星罗棋布的小区里，老百姓有需求的服务类诉求还真的不少。

比如修鞋修拉链的，补自行车轮胎的，配钥匙的等等这些不起眼的行当，老百姓的生活中实在少不了。而这些实实在在的手工辛苦活，并挣不了多少钱，摊主根本不可能租得起租金昂贵的店面。千百年来，从事这些行当的师傅们，大多在人行道上或者公共空地上，支起一把大伞，趁天气好的日子，拼命埋头干活。

现在的生活富裕了，老百姓对生活环境质量的要求越来越高了。毋庸讳言，零星的小摊在为大家带来便利的同时，也难免会对环境和交通造成一定的影响。怎么样在两者之间寻找到平衡点？

这个平衡点，就是老百姓的满意度。说白了，就是城市管理过程请老百姓参与，城市管理水平让老百姓评价，城市管理成果由老百姓共享。这样，以人民为中心，就不会是一句空话了。

受到上次社区会议的启发，我们召集了一个由若干社区干部参加的座谈会。主要议题是倾听社区"总理"们对城市管理的意见和诉求。显然，大家十分希望我们城管执法局在"执法进社区"的基础上，能够动员更多的政府部门和行政力量，凝聚共识，为社区提供更多解决"最后一纳米"的服务，真正地方便老百姓的日常生活。

其中，反映最热烈的，是那些并不起眼但老百姓十分需要的社会服务问题。

会后，我们城管执法局专门作了一次内部研判，就此问题展开深入讨论，形成了初步意见。随即我们与城管部门、民政部门、各城区政府沟通联系，商量对策。随着讨论的不断深入，大家达成了共识，一个雄心勃勃的送服务"上门"的计划诞生了。

在市政府领导的支持下，我们几个相关政府部门联合下发了文件，规定在全市主城区范围内的数百个社区，根据自愿申请的原则，每个社区最多可以申请设立两个社区服务点。考虑到食品安全和其他有关敏感问题的因素，服务点的经营内容明确为老百姓需求最为迫切的修理类。

当然，社区提出申请后，最后到底能否设点，是由社区的居民来做主。整个操作过程始终保持透明公开，服务点设立在小区的具体位置，经营什么内容等事项都张榜公布，公开征求社区居民的意见。服务点的日常管理，有明确的细节要求，主要依靠摊主自律和社区群众监督，同时与属地城管执法部门"联网"，实行动态管理。

一时间，报名者十分踊跃，有近五百个社区提交了申请。经过公示等环节，最后有四百七十个社区一共设立服务点九百十二个。这些服务点一律挂了全市统一的"社区便民服务点"标识，安然布落在了老百姓最需要的地方，成了小区的一道风景。

多年来，这些服务点的摊主们讲诚信重服务，受到群众的普遍欢迎。据我了解，受到取消设摊资格处理的违规者，寥寥无几。

许多年过去了。不久前的一天，我外出办事，在一条小巷停好了车，不远的地方，有一位大伯正专心致志地埋头修鞋。鞋摊的上方，悬挂着"××社区便民服务点"的标识。我蹭上去，在摊位边的一张小马扎上坐了下来。

"你要修鞋？"大伯忙着手里的活，头也没抬。

"大伯，我不修鞋，看看。"

大伯抬起头，耷拉着的老花眼镜后面露出不解的神色，"不修鞋？那有什么好看的。"

"大伯，你这修鞋摊摆了多少年了？平时城管他们会来打扰吗？"

大伯接着麻利地忙手里的活，"我这小摊原来摆在对面农贸市场的门口，生意是不错，但人行道上非常拥挤，城管队员经常要来检查。每次看见他们来，我只好放下手头的活赶紧走，否则要罚款。为这事，来修鞋的客人很有意见。城管走了，我再回来，好像打游击，敌进我退。"大伯咧嘴笑起来，"那些日子不好过。后来，社区干部找上门来，希望我调整到这里摆摊，这不，在这儿一摆摆了十一年啦。"

屈指算来，大伯正是那次全市社区集中设立修理摊的其中一位。

　　"生意还好吗？城管队员还来检查吗？"我问。

　　"生意还好。天气正常的话，每月挣个七八千块。就是眼睛越来越花了，有些吃不消了。"稍一停顿，大伯话锋一转，"我不光修鞋，最拿手的是修伞，什么伞坏了都能够修好。到我这里来修鞋修伞的，大多数是回头客，有些老熟人搬了家，乘一个多小时的公交车，也会拿着坏了的雨伞来我这儿修。不是吹的，他们认我的技术的！城管么，有位小个子队员每周会来几次的，有时候也会停下脚来和我聊上几句。"

　　大伯往头顶努努嘴，"喏，上头的这块牌子，就是他们给我弄上去的。"

　　我有些莫名地高兴。思绪一下子回到了十多年前，我和同事们为这事忙碌奔波的情景，历历在目。

　　我不忍打扰大伯过多的时间，便起身告辞。

　　大伯的脚边，整齐地摆放着六七双顾客送来修理的鞋，还有两三把折叠伞。

　　哦，够他忙一阵子的了。

小贩为啥给城管送去了锦旗？

二〇〇八年一月十九日的《钱江晚报》刊发了一篇报道，说的是，曾经长期与城管执法队员"打游击"的无证流动摊贩韩先生，给拱墅区城管执法局直属一中队送去了一面"救人于水火中，恒心贵在长久"的锦旗。

这是什么情况？

说起来，这位韩先生可是个"老油子"了。我也与他有过一次短暂的接触。尽管当时双方没说几句话，但我对他印象深刻。

那是一个酷热的夏夜，空气中蒸腾着热浪，一丝微风也没有。我们组织城区执法局对夜间乱设大排档的行为进行集中整治，这几乎成了每年的规定动作。

这里的夏天似乎特别长。酷热难当的夜晚，知了们躲在行道树上扯着嗓门没完没了地叫唤。这当口，常常有众多食客会邀上三五好友，在铺设在人行道上的大排档喝酒划拳，一饱口福。噪声扰民不说，烧烤的油烟带着呛人的气味弥漫四周，令人难受。尤其是摊撤人走之后，往往垃圾遍地，一片狼藉，人行道上油渍斑斑。对此，附近的老百姓意见挺大的，投诉很多。

那天晚上，我和市局的几位处长一起，对各个城区开展整治的情况进行检查。大约十点光景，我们来到城北拱墅区的杨家门。下得车来，只见前面不远处，一群人围着，传过来大着嗓门的争执。

见我们到来，场面稍微静了下来。昏暗的路灯下，一位中年男子往前几步，碰一下我的手，"你是市里来的？我们到旁边单独说几句，跟这帮人，实在没天谈！"

我下意识地感到，这男子，不一般。

"我靠自己的劳动养活全家，自食其力，怎么就犯法了？"这位自称姓韩的汉子，显然还在气头上。"我每天晚上都是天黑了才出来摆摊的，又没影响谁，你们怎么老是跟我过不去？我这样的小本生意，本来就没有多少利润，却被你们罚了好几次了，还让不让人活？"

"老韩，你摆的小吃摊，虽然是在晚上，但把摊摆在人行通道上，还是会影响行人的方便和安全。再说，你在炒菜的时候油烟气味很重，你的邻居们意见不小，我们收到关于你的投诉已经很多次了。"我尽量压低声音跟他说。

"影响么，总会有一些。但我要养家糊口，实在是没有办法，我就住在那排低矮的老房子里，像我这样的情况在城里不多的。"很显然，他的声调明显低了下来，用手朝旁边的一个方向指了指。

"这样吧，我们一起想想办法，以后你就不要在人行道上摆摊了。"我与他的谈话顺溜起来了，"你的生意不错，你说你的煎饺每天都吸引不少出租车司机来吃，能不能找个固定的场所，安安心心地做生意？"

"哪有这么容易啊！找个店面做生意，那要很大本钱的。不过，和你这个人说说话，心里还是舒服了点。这样吧，今天我给你个面子，马上撤摊回家了。不过，明天晚上我还是要来的。"

说罢，他走向人群，招呼他的帮手，收拾了摊子，留下一地的餐巾纸、一次性筷子等垃圾，走了。两个人推着小板车的身影被路灯拉得斜长，女的腿脚明显有些瘸。有人说，那是他的妻子。

带队整治的区局詹局长说，全区范围内像老韩这样与我们长期打游击的"老油子"已经不多了，是该想一个妥当的办法来解决。

夜已深。大家当场简单商议，先由区局派人将老韩的"家底"摸摸清楚，然后再采取具体措施。

两天后，詹局长告知，经向社区详细了解，并到老韩家里实地走访，情况确实有些特殊。老韩前些年不小心犯了错，进监狱蹲了几年，丢掉了原本不错的工作。妻子腿脚残疾，干不了重活。年迈的母亲瘫痪在床好几年了，家里还有一个读初一的孩子。这个家庭作为困难户，列入政府救助帮扶已经多年了。

当地街道曾经给老韩安排过好几份工作，但因为收入不高，每次他都干了不久就辞了职。后来，他和妻子一琢磨，干脆在离家不远的人行道上摆个小摊，专做夜宵生意。夫妻俩分工合作，每天早上起床后，他去农贸市场买菜，她在家里发面。

白天的工夫，他俩忙忙碌碌，揉面，调馅，包好数百个饺子。夫妻俩就盼着天气好,天早一点黑下来,好推着他们的"专车"出发。一段时间下来,他们的煎饺做出了"名气",不少出租车司机都会定时赶来一饱口福,形成了相对固定的消费群体。他妻子的炒菜味道也挺不错,吸引不少客人歇下脚来喝上几杯。

一来二去,他们的小摊,从起初的一张小桌四五圆凳,弄成了眼下的三张桌子一溜儿排开,一般情况下还要翻桌呢。

场面搞大了,麻烦也就来了。摊位周边环境搞糟了不说,持续到凌晨的买卖,让邻居们苦不堪言,投诉自然就多了起来。特别是,城市管理的标准越来越高,市区当然不允许这样占道经营,即使晚上时分,未经批准也是不可以的。

得知老韩的信息,大家非常同情,但严格管理是我们的职责。法律是冰冷的,我们的管理服务应该有温度。我和詹局长专门通了电话,希望区局能够沉下心来,"解剖麻雀",从帮扶困难户的角度出发,与街道、社区一起为老韩全家找到解决困难的长久之计。

詹局长立即派出得力人员,去与街道和社区商量。商议过程中,社区工作人员提出,帮助老韩家提高收入克服困难,社区也有责任。小区物业中有一间三十多平方米的店面房，还有半年多的时间，现在的业主租期就满了。如果老韩愿意租，他们就不再与原来的业主续租，并且可以为老韩适当降低租金。

老韩得知城管与社区的好意，蛮激动的，握着上门的城管队员和社区干部的手，"这真是太好了！让我怎么感谢你们呢。"

不过，问题也接踵而至。半年多以后才能接手那间店面房，人行道上又不能摆摊了，老韩没了收入，一家的生计怎么办？再说，即使降低了店铺的租金，老韩仍然有些"哆嗦"，表示家里还真的没这么多积余。

只要真情不滑坡，办法总比困难多。

詹局长牵头开了个小型的协调会，研究解决老韩一家的收入问题。街道和社区挺给力，参加会议的代表当场表态，社区临时增加一个保安的岗位，让老韩马上上班。他的妻子就安排在社区服务中心，负责卫生清理的工作。

老韩两夫妻的工作有了着落，詹局长一块石头落了地。他找来班子的同事们商议，老韩租房资金的不足部分，能否发动全局一百多位干部队员进行募捐？这主意，得到了大家的一致赞同。

那个上午的场面很温馨。

詹局长在全局大会上作了动员，要求把夏季夜间整治工作做得更好。他绘声绘色地讲了老韩一家的事，说起了那个和大伙打了多年"游击"的煎饺摊，说起了老韩一家四口生活的不易，还说起了这些日子为了解决老韩一家困难大家所做的点点滴滴。

接着，他话锋一转，"眼看着，老韩马上可以有一个固定场所安心卖他的煎饺了，但他家的积蓄不多，首期要付的店铺租金还有点缺口，同志们，我们能为这个生活不易的家庭送点温暖吗？"

"好！"他的话音未落，台下就喊起好来，接着响起了持久的掌声。这样的场面，颇有些部队执行重大任务时的战前动员。詹局长也是一位"老转"，带队伍是他的强项。

一笔带着城管队员们心意的捐款，用一个大号的牛皮纸信封装了，当天下午就送到了老韩的手中。这位曾经软硬不吃的汉子，眼里闪着泪花，握着干部队员们的手，久久不愿松开。

属地中队的队员们，还带着水果到老韩家看望了老人。黑黢黢的房间里，久卧在床的大妈，连声说着感谢的话语，挣扎着想坐起来。老韩读初一的孩子，在靠近窗户的桌子上埋头做作业，墙壁上整齐地贴了好几排他的奖状。

见此场景，中队长和几个队员一合计，干脆，帮人帮到底，全中队和老韩的孩子从此结成帮扶对子，每月捐赠三百元，直到孩子初中毕业。

老韩和他的妻子愉快地去了社区报到，干起了新的工作。一个曾经长期与城管"打游击"的摊贩，就这么被一群执法队员的爱心融化了。

几个月之后，老韩夫妻俩搬进了经过简单装修的店铺，正儿八经地当起了"好滋味煎饺"的老板和老板娘。

早上，"好滋味"门口，食客们排着长长的队伍，等候那锅盖揭开时香气扑鼻的时刻。夜幕里，出租车师傅们多了一个安心宵夜的好地方。

日子红火起来了。夫妻俩始终记着那些向他们伸出援手的城管人，思忖着怎么报答才好。"好滋味"的斜对面，有一家制作锦旗的礼品店，店里墙面上到处都是的锦旗让他有了主意。

老韩做好了锦旗，并没有直接送到执法中队，而是来到了《钱江晚报》社，向记者讲述了他的故事，并希望报社出面邀请执法中队的代表来接受赠旗。

这主意真的很不错。

于是，我们在二〇〇八年一月十九日的《钱江晚报》上，读到了这个充满着温情的故事。

读着这篇报道，我的眼前立即浮现出了那个酷热的夏夜，想起了我和老韩曾经的短暂交谈。尽管，后来詹局长多次与我说起过老韩的事，如今有了这么好的结局，我依然喜出望外。

简直是无巧不成书。就在半个月前的一月七日，千里之外的湖北天门，由于管理活动中执法人员与摊贩起了争执，继而发展成动手械斗。不幸的是，执法人员失手将一个魏姓旁观者打死了。消息传出，全国舆论顿时哗然。网络持续发文指责声讨，各地纸媒的评论版面也是连片累牍地刊发言辞犀利的批评文章。

我们这里的媒体自然也不甘落后。几张颇有影响力的报纸连续一个时段刊发对湖北天门城管打死人的评论。"嘘，城管又打死人啦！""取消城管是时候了！"类似的标题愣愣地夺人的眼球，增添着人们对城管的愤怒。

自然而然地，人们把天下的"城管"联想到了一起，不是说，"天下乌鸦一般黑"嘛，我们也连带着受累。朋友们在一起议论的时候，时常有人故意问我，"你们城管又打死人了，怎么回事？"

这个时节，岁末年初，又到了社会各界给各个政府部门打分评比的关键时刻。我们忧心忡忡，生怕这飞来的"横祸"搅黄了我们又一个年头的艰苦奋斗。

恰在此时，拱墅区城管执法局的干部队员们用善举温暖了老韩一家，也感动着我们这些读者。他们，恰似那"冬天里的一把火"。

当天下班回家，我顾不上吃饭，提笔给报社写了一篇评论，题目是《杭州城管与天门城管不一样》。

文中写道："……依我看来，城市，毕竟是需要有人来管理的。问题在于，提高执法管理人员的素质，使其严格在制度的约束下依法行政是当务之急。同时，着力提高全体公民的文明素养，妥善解决弱势群体的生存问题，也是两个十分重要且必须努力解决的问题。

天门城管打死人，但在杭州，谁曾听说过城管打人的事儿？在几乎一面倒的取消城管的呼声中，其实我们不妨留一点理性的余地，把杭州当成一个试验点，从而探讨：城管与粗暴之间是真那么具有必然性吗？"

要知道，城管的心也是柔软的。

一起"城管杀人"事件的真相

　　毋庸讳言，放眼全国，"城管"与小贩之间"猫捉老鼠的游戏"几乎天天在上演。网络上，不时曝出城管打人的事，消息一经传出，常常引发媒体圈的集体愤怒，继而掀起一轮又一轮对城管持续而猛烈的抨击。

　　也用不着掩饰，这些年暴力抗法的事件不断上演，"城管"被相对人伤害的案例同样不在少数。不少城管执法人员，在歌舞升平的和平年代，倒在了自己曾经无数次厌烦而又义无反顾的岗位上，献出了年轻宝贵的生命，令人唏嘘。

　　曾经，我参与处理过一起所谓的"城管杀人"事件。火爆的场面，血腥的气氛，群情的鼎沸，仿佛空气随时会被引燃。紧张忙碌过后，事实的真相终于浮出水面，人们不由得感叹：

原来是这么回事！

说起来，事情的由头其实并不复杂。

一天上午，城区某执法中队的队员们，对一位利用农用车在人行道上贩卖水果的小贩进行查处。实际上，这老兄长期在这个地段停车设摊，是一个十足的"老油条"了。队员们取证之后，当场扣留了他的电子秤，要求他当天下午到中队部接受处理。

下午，他来到中队驻地，正在办案室值班的女队员起身，热情地跟他打招呼。

他黑着脸，气呼呼地嚷着："美女，你赶快把我的电子秤还给我，我还要做生意的呢！"

女队员见状，想为他泡一杯茶，让他降降火。自从开展规范化中队建设以来，接待相对人来访时，一声问候、一张椅子、一杯茶，成为"标配"。夏天炎热时节，还要递上一把印着城市管理宣传资料的扇子。

"茶就免了，你还是快一点把秤给我！"显然，他有些不耐烦了。

"你在人行道上设摊，违反了城市市容环境卫生管理的有关规定，必须履行完处罚后，才能把电子秤还给你。"女队员耐心地跟他解释。

"你到底能不能把秤还给我？"他一拳砸在了桌子上，怒吼着，脖子上的青筋随之凸绽。

"我是没有权力随意把秤给你的，你接受了处罚，秤就自然会给你了。"女队员仍然坚持。

他的脸整个涨红了。"你到底给不给？"话音未落，他迅速从腰间抽出一把二十多厘米长的刀子，将自己的左手摁到了桌子上，随即卷起了除食指以外的其他几根手指。右手高高地举起了刀子，使劲朝自己的食指砍了下去。

鲜血顿时从伤口处涌出来。因为用力实在太猛，他的那截被砍断了的手指，在桌面上跳了好几下才停下来。旁边的人一下子都懵了。

这老兄不慌不忙，他扔下手中的刀子，将断指上不断涌出的鲜血，胡乱抹到脸上。大步走出执法中队的门口。

"城管杀人啦！城管杀人啦！"他高声喊叫起来。

附近的市民围上来，看着满脸鲜血的他，不明就里，但十分同情。大家忙着拨打了"110"和"120"，希望警察能够马上来处理纠纷，控制住有些混乱的场面。大家盼望着救护车快点到来，毕竟救人要紧。更何况，这男子满脸的鲜血，不知道是从哪里冒出来的。

他倒是很沉着，甚至有些英雄气概。右手从裤兜里摸出手机，"哥，你多叫几个人快来，顺便叫几家报纸的记者，城管杀人了……"

围观的市民越来越多，他一边高声谩骂城管，一边不停地把血抹到脸上。

"不晓得到底是怎么回事？弄成这个样子。"几位大伯大妈在一旁窃窃私语。

他的一位同乡为他打抱不平，"我们混口饭吃不容易，不偷不抢的，凭力气起早摸黑地卖点水果，碍着谁啦？要这么下狠手砍得满头是血。"

"就是就是，这下城管闯祸了。"有位大妈附和着。

"你亲眼看见啦？我是不相信城管会杀人的。"一位大伯站出来，"我就住在这里，看见他们忙这忙那的，挺和气。前些天，一帮小伙子还为住在社区敬老院的老人送去了很多慰问品，是他们自己掏钱买的。"

社区的主任安慰大家，"别吵啦，等到警察来了，一切都搞明白啦。"

我们很快收到了正在赶往事发现场的辖区城管执法局周局长打来的电话。他急促地报告了大概情况，期待市局能够给予明确的指导意见，帮助他们稳妥处理好这件突发事件。

局长迅速召集了领导们进行商议，果断做出了三个决定。

他亲自给周局长打电话，"你们要立即启动应急情况处置预案，落实好属地管理责任，要维护好现场秩序，防止事态激化。救护车到达以后，要立即将伤者送往医院救治，无论如何，救人要紧。"

"是，明白了。我们已经吩咐属地中队干部了，同时，已经跟区公安部门取得联系，街道派出所赶到现场了，应该不会有大的问题。"

"那就好。千万不要麻痹。"局长具有丰富的基层工作经验，他进一步提醒，"如果有媒体记者赶到现场采访，必须真诚地告诉记者们，我们执法中队的办案室是装了音像监控设备的。我们将实事求是地很快公布音像视频监控资料，决不隐瞒事件的真相。"

很显然，伤人的事情到底是怎么发生的，没有人能说得清楚。一旦由当事人信口开河，舆论传播出模棱两可的消息，后果恐怕难以预料。当然，面对记者们召开新闻通报会的条件也不成熟，执法队员对当时场景的介绍，恐怕也不足以让大家真正信服。

因此，只有依靠安装在中队办案室一角的音像监控装置了，只要机器在正常运转状态，当时发生的一切，肯定已经如实地记录在案了。

"还有啊，你立即通知涉事中队，任何人都不得擅自动用安装在中队办案室的音像监控设备。这是纪律，必须坚决做到。"局长不放心，又亲自交代。

"好的，我们一定按照您的要求不折不扣地做到。"周局长表了态。

挂了电话，局长指派市局监察室主任立即带领技术人员快速赶赴现场，取回音像监控资料，封存保管。同时，要求市局信息中心技术人员马上从后台截取该中队当天办案室音像监控的连续性完整资料，防止证据链缺失。

用事实说话，是对社会关切最好的回应！

局长还亲自给市委宣传部的主要领导打了电话，汇报了情况，请求通过市委宣传部联系省级有关部门，落实省市两级文广集团的多家电视台，在当晚的新闻播报时段，播放由我们提供的封存了的现场音像监控资料。

　　说实在的，这样做多少有些风险。但我们坚信，基层执法队员绝对不可能会用刀砍人！

　　在现场，警车鸣着警笛呼啸而来。两位警察飞快下车，立即展开调查工作。他们劝导情绪极其亢奋的当事人冷静下来，带他到中队内部的一间办公室接受询问。屋外围观的市民渐渐安静了下来，大家不愿散去，小声议论着，等着看个究竟。

　　人们自觉为鸣笛赶来的救护车让出了通道，穿白大褂的医生匆匆下了车。医生为他的伤口作了简单的清洗和止血处理，问道："那截手指呢？"

　　一位执法队员说："在这里呢，我们早就用干净的卫生纸包着了。"

　　医生说："看起来，这截手指还没有坏死，你必须尽快做手指接活手术，我们市整形医院的断指接活水平可是全国一流。马上走吧，断指脱离母体的时间越短，手术成功的希望就越大。"

看得出来，当事人显然有些犹豫。可能是钱的问题，甚或是拉不下面子。

执法中队的 M 队长拿起那个包着一截断指的纸团，"赶紧吧，别犹豫了，我们陪你马上去医院动手术，否则你以后就残疾了。"

在大家的劝说下，他终于同意去医院。

救护车载着他和 M 队长，直奔市整形医院。围观的市民渐渐散去了。惊魂未定的女队员接受着警察的询问，委屈的眼泪掉了下来。

当天晚上的新闻时段，省市电视台有六个频道播放了一段连续而完整的视频。观众们可以清晰地看到当时的场景，听到双方的对话。当他高高扬起手中的刀子，朝自己的手指猛砍下去的时候，我和家人同时发出了惊呼！

不约而同，电视台的几个频道全部用了"对付城管查处，小贩自砍手指"的标题，旗帜鲜明地对这个突发事件进行了报道。一场可能朝着坏的方向转变的危机，因了真相大白，终于成功地得到了化解。

话说回来，这还要归功于早几年我们下决心狠抓的城管中队的"规范化建设"。当时包括有些基层区局局长在内的许多人，对"中队办案室必须安装音像监控系统，与市局信息中心联网……"的规定颇有微词，以为执法队员平时在外面受够了气，内部还要受监控，浑身不自在。

正是这次事件，改变了广大基层执法人员的看法。他们说："这套音像监控设备，不仅时刻监督着我们依法行政，规范一言一行，而且在关键时刻还能妥妥地保护我们自己，真是个'保护神'呢。"

由此，我局借机进一步深化了基层执法中队的规范化建设和信息化建设。

由于救治及时，且医生们的医术精湛，当事人的手指接上了，成活了，据医生介绍今后基本不影响使用功能。

住院期间，他终于冷静了，为自己的非理智冲动行为后悔不已，对前去探望的执法队员多次表示道歉，希望以后有一份正规的工作养家，不再做违法违规的事。

他出院后，公安部门对他的滋事行为进行了警告教育。城管呢，也对他违规占用人行道贩卖水果的行为依法进行了处理。

这是一码归一码的事。

厉害了！这群流动的"红马甲"

你是否曾经见过这样的场景？

马路边，城管队员对一位占道卖蔬菜的小贩进行查处时，往往会聚拢一批路过的市民，看着热闹，品头论足。

"人家也不容易的哦，做点小本生意养家糊口。城管小兄弟，你放一马嘛算了。"

也有的站出来打抱不平："那边小弄堂里，也有摆摊卖水果的，你们为啥不去管管好啦？"

只有极少数的市民看不过去，"城市里是不好乱摆摊的，否则不是乱七八糟了？卖蔬菜么，应该去农贸市场的。"

市民群众的议论，看上去显然对摆摊者有利。这种时候，大多数小贩便会顺坡下驴，"我走，我走，我不在这里摆摊了。"

顺势收拾东西，准备撤退。

也有牛脾气的"犟头"，见有人护着，便不买账。于是，城管队员要采取暂扣物品的措施，小贩自然拼了命地阻挠。一场街头"大战"就很容易地上演了。

这些年，全国范围内，城管与小贩之间"演绎"了许多"精彩"的段子，在网络上继而在人民群众的情感里产生了广泛的影响。

据新闻报道，某市城管在劝说店主占道经营无效后，组织几十名执法队员围站成一圈，双手背在身后，沉默地注视着食客和坐在一旁的老板。最终两桌食客先"顶"不住结账离去，老板收拾起桌椅搬进了店内。这样的执法方式，后来有了一个大名，叫作"眼神执法"。

某地的城管队员们则运用起了"举牌执法"的方式。他们对占道摊贩不开罚单、不暂扣，而是举起若干块由网络体语言写成的宣传牌，在占道摊贩眼前来回走动，达到驱离摊贩的目的。

更有甚者，近年来已出现多起在街头上演的"互跪式执法"。小贩下跪为的是求城管放他一马，城管担忧引起周围群众的误解，只得跟着下跪，以便双方能够"平等对话"。这样滑稽可笑的场面，一经有人将图片和信息晒在了网上，引发的议论便犹如海呼山啸，可以持续热闹一段时间。

不论"眼神执法"，还是"举牌执法"，甚或"互跪式执法"，表面上看，这些执法方式既无言语冲突，也无肢体冲突，被一些人认为是城管文明执法的一种形式。但显然，这样执法的成本极为高昂，在大众的围观中，法律的尊严与刚性渐失，难免不会造成新的社会不公平。

久而久之，连摊贩们也会自然而然地滋生出一种情绪：我就随地把摊摆了，你能把我怎么样？

客观地说，有哪一个人不希望有一个良好的生活环境？那么，为什么老百姓中还有相当比例的人，对城管很不待见，反而会支持乱摆摊设点的小贩呢？

这真是一个值得城市管理部门深入思考的问题。

在与市民群众频繁的互动交流中，我们深切地感受到，其实，老百姓都是希望自己城市的环境能够越来越好，也希望自己能够为这座城市的美好出一点力。

一位名叫童天佑的大伯的故事启发了我们。

童大伯时年七十五岁，个头不高，精神矍铄，腿脚麻利，一副古热心肠。退休以后，他每天早晚都在居住小区的周围巡查，顽强地跟城市"牛皮癣"做斗争。一旦发现粘贴在建筑物墙上、商铺卷闸门上、公交站站牌上的违法小广告，他立马用携带的工具小心地将它们铲除。天长日久，他的家里存放着两个直径超过一米的大型"纸球"，里头粘集着数以万计的违法小广告。

"我们有一批志同道合的老伙伴，闲着也没啥事，非常愿意为城市管理做点实实在在的事，你们能不能组织一下呢？"那天去拜访他时，童大伯诚恳地说。

这确实是个好注意！如果有了一大批像童大伯这样了解城管、理解城管、支持城管的"同盟军"，我们的日子肯定会好过得多！

通过一段时间的调研走访，筹建全市性的城管执法志愿者队伍终于达成了共识。在与部分市民的交流恳谈中，作为组织者和参与者，我深切感受到了大家发自内心的热情，这是一支能够焕发蓬勃生机而且可以依靠的重要力量。

定下了决心马上干。

我们召集部分热心市民，一起研究设计了城管执法志愿者队伍建设的全部流程。从招募，到培训，再到上岗，都明确了必要的条件和规范。为了保持这支志愿者队伍的先进性和可持续性，方案里还设置了活动记录、星级评定和表彰奖励等环节。

接着，我们在当地几家主要媒体上大张旗鼓地作了宣传，同时通过网络和主要媒体开通了热线电话，接受热心市民和网友的报名。

一时间，热线忙碌，群情踊跃。

不出半个月，报名愿意参加城管执法志愿者的人数竟然超过了一万。我们喜出望外！我们其实并不孤单！

为了实现有序管理，市局设立了城管执法志愿者总队，主要负责顶层设计和指导服务。各城区分别建立了城管执法志愿者大队，主要负责辖区内相关活动的开展。

那个春寒料峭的雪后晴日，黄龙体育场彩旗飞舞，市城管执法志愿者总队成立仪式在这里隆重举行。两千多名志愿者代表身穿红色马甲，头戴红色鸭舌帽，整齐列队，从省市领导手中接过队旗，进行了庄严的宣誓。然后，快速地流向了全市的街头巷尾。

还别说，这支队伍的作用真的不容小觑。

城中心有一条贴沙河。它一头连着钱塘江，一头流进京杭大运河。作为全市唯一的应急备用水源，这条不长的河流，常年必须保证达到二类水质以上的标准，历来都是严加看管着的。

但就是这么一条与我们全城老百姓休戚与共的河流，几乎每年夏天都会传出淹死了人的消息。什么缘故？因为水实在太清，游泳的人实在太多。本地人知道水性底细，一般还不太会出事情。有些外地人就不一样了，他们初来乍到，看见城里头有这么一条清澈的河，不知深浅便扑入其中，想消个暑，结果有人却没了命。

还有令人头疼的，就是沿河十几里的住户，有些还真不自觉，在河沿上洗拖把、洗衣服的事屡禁不止。更何况，还有那些垂钓的高手，散布在沿岸的树荫下，常常跟城管打游击似的兜着圈子。

因此，每到夏季，我们都格外头痛。既担心河中淹死了人，又怕人们不自律污染了备用水源。夏秋时节，雨水少，江河水位下降，如果遇上钱塘江咸潮侵入，就有可能迫不得已地动用贴沙河的水源救急。实在马虎不得！

夏天的这些日子，早上五点一过，就有心急的人泡在了河里。

"快起来，这里不能游泳的。"城管队员朝他们喊。

"那么大一条河，游游泳有啥关系？"

"这条河是全城的备用水源，是禁止游泳的。"队员们耐心解释。

一位大伯游过来，潇洒地踩起了水，做出各种逗人的怪相，"你别说瞎话了，我六七岁开始就在这里游泳，游了快六十年了，有啥关系？"

说完，大伯再也不理睬岸上的人，顾自游了开去。

不多久，对岸有两位大妈爬上了岸。城管队员见状，马上绕道赶了过去。

"大妈，你们是住在附近的吧？贴沙河里不准游泳的。"

大妈顾自理她的东西，头都懒得抬，"小伙子，你还没出生呢，我就在这里游了，你有什么好管的。"

"大妈，请你出示一下身份证或者告诉你的电话号码，我要登记一下，这次么就不作处罚了，下次就不要再来游泳了。"

一位大妈瞪圆了眼睛，"你说什么？你还想罚我的钱？电话号码不想告诉你，身份证呢没有带，你如果实在要的话，我只好把身上这件游泳衣脱给你了。"

年轻队员的脸唰地一下红了。你看，话说到了这个份上，这次执法管理活动也就很难继续进行下去了。

时间一久，贴沙河这条河流的管理难题，真的成了我们的心病。

我们与"护河志愿者分队"的志愿者们商议，决定从破解贴沙河游泳管理难入手，带动整条河流的有序管理。

"贴沙河不能游泳，以前我也不晓得的，这次你们说了我才知道。"一位胖胖的大妈志愿者说，"看样子，以前你们宣传得太少了，许多人恐怕不知道有这规矩。"

另一位志愿者接过话头，"我们小区里有好几位阿姨，经常在这条河里游泳的，可以上门去做做工作。"

经过商量，大家认为，还是用"疏堵结合"的方法比较好。一面抓宣传，一面多劝导。毕竟游泳的人在水里，有些还上了年纪，万一弄出危及生命安全的事就不好办了。

其中的一批志愿者深入沿河的每一个社区，进行图板展示，现场咨询，配合社区干部上门宣传。还真的有效果，不少市民反映，从来没有听说过贴沙河是全市的应急备用水源，更不清楚这条河里是禁止游泳的。

另一支队伍，则在城管队员的带领下，按照违规游泳的高发时段进行编组分工，实施现场巡查。

那天一早，张大妈、朱大妈和周大伯身穿红马甲，跟随城管队员小王来到贴沙河边。天刚放亮，河中心已经有二三十个人头在浮动，河面上飘着几个彩色的救生气圈。周大伯举起话筒，朝人们喊话，希望他们赶紧上岸，河里是禁止游泳的。

起初效果并不好。或许是还没有过瘾吧，游泳的人们对岸上的喊话似乎充耳不闻。他们当中或奋力前游，或悠闲飘浮，也有的相互嬉闹着玩耍，翻起的水花里，传出他们爽朗的笑声。

小王他们无奈，只得守在一大片衣物堆前，守株待兔！无疑，这里是游泳健将们出发的地方。

半个多时辰过后，河里的人们陆陆续续上了岸，他们晃动着湿漉漉的身子，一副心满意足的样子。

"阿珍，是你呀，怎么那么早就来游泳了？"张大妈朝一位刚刚游到岸边脱了游泳帽胖乎乎的女士喊起来，顺着伸出手去把她拉上了岸。

"哎哟，是菊花啊，很多日子不见了，蛮记挂你呢。"名叫阿珍的女士显然有些意外，指着张大妈的红马甲，"你今天做啥呀，穿了这身行头来这里。"

张大妈帮阿珍擦干了背后的水珠，关切地问："有冲凉的地方吗？游完泳要用干净的水冲一下的。"

"这里哪有冲凉的地方。好在我家离这里很近的，自从搬了家，你还没来过呢。今天这么巧碰上了，走，到我家里去坐一会儿。"阿珍以前是和张大妈同一个单位的小姐妹，是个心直口快的人。

张大妈跟小王打了招呼，与朱大妈一起，准备到阿珍家里去坐坐。

阿珍收拾好了身上，麻利地为客人泡了茶。"你们热不热啊，还穿着红马甲干吗。"

"阿珍，我退休以后比较清闲，孙女也上幼儿园了。最近，我报名参加了城管执法局的志愿服务队，做点义务劳动，挺充实的。"张大妈指指身上的红马甲，"这是我们统一的标识服，蛮精神的吧？"

"我是没有时间去义务劳动的，早上和晚上都要去河里游泳的，趁现在游得动，健健身，多好。"

"阿珍，我们是老姐妹了，我正要同你讲，贴沙河是我们这座城市唯一的备用水源，要紧关头要派用场的。为了防止水体污染，市里早就禁止游泳、钓鱼和洗洗涮涮了。我现在每天早上都和一帮朋友参加义务巡查，劝大家不要破坏这么好的水环境。"

张大妈的一番话，让阿珍多少有些尴尬。"要不，你也来参加我们的志愿者活动？"张大妈试探着询问。

阿珍叫两位喝茶，"其实，我最近心里一直很矛盾的。早晚游泳的时候，河沿上总有人在朝我们不停地喊话，劝我们不要在河里游泳。不过，今天我倒是第一次听说，这条河的水，原来是我市的应急备用水源。看样子，明天不能再去游泳了。"

张大妈趁热打铁，"干脆，你动员游泳的兄弟姐妹们一起来参加志愿者队伍吧！"

阿珍人缘好，性情豪爽，又好管"闲事"，听了张大妈的话，爽快地答应了下来。

后来的日子里，由穿上了红马甲的阿珍引路，张大妈一行和那帮原先一直在游泳的大伯大妈们一起，逐个走访了沿河两岸的社区，一路宣传，现身说法。

效果显然不错。贴沙河里游泳的人明显减少了许多，钓鱼和洗拖把的现象也基本上没有了。政府有关部门在河道两岸开辟了若干个小公园，供人们歇息观赏。河道的两岸，园林工人种植了垂挂式的绿色植物，连绵数里，春天里河沿上铺满了金黄色的碎花。

在大家的精心呵护下，河水清波荡漾，岸上欢声笑语，古老的贴沙河重新焕发出了青春的活力。

一个令人头疼得要命的难题，终于解开了疙瘩。

那个雪后春日在黄龙体育场的盛大场面，注定会载入我市城市管理的历史。它的妙处，在于将更加多的市民吸引到了红马甲的队伍，成为人民城市人民管的亲历者。

从此往后，像张大妈一样，成千上万的红马甲，活跃在了城区的街头巷尾。白天，他们奔波在景区公园，劝导乱踩绿化、乱丢垃圾的游人，奉劝唱越剧的票友们喇叭声别太高了扰民。夏季的夜晚，他们一起参与对乱设大排档的整治，劝说摊贩守法经营的功夫的确不一般。晨曦里，他们对苏堤上的偷钓者们苦口婆心，规劝对方赶紧收起钓具，成为美丽西子湖的守护者。

偶尔在街头碰到围观群众对城管队员查处小摊小贩不理解时，总会看到有人站出来，为城管说句公道话。即使他当时身上并没有穿红马甲，但我知道，他，就是令人尊敬的红马甲。

顺便说一声，我们当时还顺利地动员了浙江大学的五十名学生穿上了红马甲。他们精通计算机操作，任务是当网络上出现误解城管、恶意攻击城管等现象时，积极发声，与对方展开善意的交流与对话。按照现在的说法，他们就是早期的"网军"了。

长期的工作实践，我有一个深切的感受，凡是那些对城管执法一时不理解的朋友，你不妨放下身段，主动上门与其沟通一次，顺便诚邀对方监督我们的工作。如果，对方能够应邀参加一次执法实践活动，那就太好了！我们曾经屡试不爽，分别邀请媒体记者、人大代表、政协委员和市民群众代表等各方面的人士参与城管执法监督活动，效果自然是极佳的。

那些参加了半天或者一天现场城管执法实践的朋友，腿酸背痛不说，仅从自己与管理相对人的沟通交流中，就自然能够体会到办公室里根本无法想象的难处。从此后，只要有机会，他会与朋友说，与同事说，与家人说，那半天或者一天里给他留下的难忘印象。说不定，他自然而然地就成了不穿红马甲的"红马甲"。

红马甲，在我生活的这座城市里越来越多了。他们，早已成了西子湖畔一道靓丽的风景，醒目鲜亮，令人敬佩。

神通广大的"城管和事佬"

　　如果说一个偌大的城市由若干个城区组成，那么真正把老百姓凝集在一起的，是城市中那些星罗棋布的社区。

　　社区里每天上演的鲜活的一切，大多数与城市管理有关。你看，小区里有人违章搭建了，有人破墙开店了，有人违规遛狗了，等等，这些几乎司空见惯的事，社区工作人员因为没有执法权，吃不消管，也很难管。

　　在与社区干部交流时，我好几次听到他们提出过这个问题。朝晖街道应家桥社区的 W 主任说："这年头，上头千根线，下面一根针，你们看见了，社区门口的墙上挂满了形形色色的牌子，大家都一股风跟着进社区，好像挺时髦的。结果，上级部门各个方面交办的任务，都要穿进我们最底层的社区这个

'针眼'里，实在是不堪重负。"

旁边一位社区干部接过话题，"不过，要是你们城管执法能进社区就好了。日常工作中，社区里发生的许多事，我们即使发现了，也只有劝劝的份，人家不听，一点办法也没有。有的时候，邻居之间还会因为一些小事起纠纷，影响了邻里和睦。你们是有执法权的，你们如果能够及时到了现场就会不一样了。"

这样的话语，像一记记锣鼓敲响在我们的心头。为什么？因为我们的工作还不够到位。

平时，我们也喊着响亮的口号，譬如"想群众之所想，急群众之所急，解群众之所需"之类，但在实际工作中确实还有不少的"短板"。

"城管执法进社区"，既是社区干部的呼唤，无疑也是我们补齐工作短板的重要一环。

城管队员怎么进得去、联得上、发挥得了作用，才是最要紧的。

那次"城管执法与社区群众心手相连"座谈会上，参会的社区干部十分踊跃，抢着发言，提出了许多金点子。我们听得认真，将那些真知灼见逐一纳入工作方案里。

不多久，全市主城区的数百个社区门口一律挂上了统一标识和格式的"城管执法进社区工作站"的牌子。每一个牌子上头都有一位城管队员的照片、联系电话和工作职责。

这就意味着，从此每一个社区至少有一名城管队员负责专门联系。平时，要求该队员每周至少主动到社区沟通服务一次，解决问题。遇有情况，谁都可以拨打联系电话，该队员会在半小时之内尽快赶到现场。

社区里的问题还真不少。

比如说吧，经常有人在住宅小区内乱贴招徕顾客的小广告，或者在墙上胡乱喷洒各种各样的电话号码，从装潢、美容美发到办理证照、假期培训等等，大家讨厌地称之为城市"牛皮癣"。但现实生活中，有些信息却是老百姓确实需要了解的。

大家一商量，特地在小区宣传栏中辟出了一角，专门为那些提供正规服务的"小广告"留有一席之地，免费使用。同时发动群众及时清理原先的"涂鸦"，实施有奖举报，制止乱贴乱画行为。如此一来，乱七八糟的"牛皮癣"终于在小区里渐渐没了市场。

这些年，小区里养宠物狗的市民多了起来。不按规定遛狗，甚至狗咬伤人的事也随之多了起来。这些每天发生在身边的小事，影响公共秩序，损害邻里关系。

根据社区的需求，我们编印了相关资料，上门到社区分发，同时举办咨询服务，进行养犬知识的宣传。为了方便群众，减少老百姓跑腿，我们还联合城管、卫生和执法几个部门一起行动，到狗狗较多的社区开展办理养犬证、打防疫针等服务，受到市民群众的欢迎。

在一些老旧小区，房前屋后搭搭建建的现象比较普遍。违章建筑往往有一个共性特点，那就是，如果违章的初期不及时发现并制止，房子或者设施一旦建成了，处理起来就十分麻烦，而且相对人的损失也会增大。

很显然，防范违法建筑的关键是早发现、早制止。谁来发现？怎么制止？

说到小区里头的违法建筑，打铁关社区的范大伯那天很激动，"我们这批老头老太婆，平时事情不多。上次看见小公园旁边一楼那户人家，把天井围墙的墙打掉了，朝公园开了一个门。我们上前去制止，结果被那家的女主人骂了个狗血喷头，说我们是狗拿耗子多管闲事。气都气煞！"

范大伯停下来喘口气，"如果小区里大家都乱搭乱建，还像啥个样子。后来，我拨打了市长热线电话，上头才派了人来处理的。现在好了，你们有人派进来了，以后有事我们直接找他就行了。"

是的，像范大伯这样有正能量的人不在少数，这是一支我们可以深度依赖的力量。经过商议，范大伯等十几位老人家成了新加入的城管执法志愿者。他们爱憎分明，一专多能，不知疲倦，是真正的"铁杆"。

后来，我们在有条件的社区进行了广泛"复制"，许许多多个范大伯成了我们的"千里眼"和"顺风耳"，一些以前频频多发的"社区病"得到了有效遏制。

城管执法进社区，还有一个好处，就是能够做到执法公开透明，打消老百姓的猜疑。

记得二十世纪九十年代那会儿，那时我还在部队服役，回家探亲时，经常能够看到城建监察队员查处小摊贩的场景。坦率地说，那时的城管动作比较简单粗暴，甚至有些戾气。有时候，城管人员将小贩的东西往机动车上一扔，开车就跑。小贩在那里哭哭啼啼，聚拢来的老百姓指着匆匆离去的城管骂骂咧咧。

"拿了人家的东西，连收据也不开一个，肯定回去以后私分了。"

"对呀，节日快到了，他们搜刮点东西好去当福利。这群人，跟电影里的鬼子差不多。"

听着围观群众的议论，我将信将疑。回家说起亲眼看到的情况，家人也有同感。老实说，很长的时间里，我对城管的印象一直不大好。

直到多年之后，我也成了一名城管，了解了执法管理的基本情况，我才体会到，昔日群众对城管野蛮执法的批评的确很有道理。不过，也有误解的地方。那些扣留的物品，其实都必须按规定的程序处理，绝对不允许私分。

既然如此，就很有必要向老百姓公开罚没或暂扣物品的去向。

于是，我们规定每个执法中队，必须在驻地社区的宣传公告栏中，每周公布一次该中队暂扣或罚没物品的情况。包括物品的名称、数量，处理的结果。哪怕一周内没有发生暂扣或罚没的情况，也要求做到"零公示"，把"真相"告诉老百姓，真正做到取信于民，消除误会。

工作中，我们越来越认识到，"进社区"，不仅是要延伸执法工作的手臂，服务靠前，预防靠前，防患于未然。还需要通过行之有效的方式，将城市管理的有关规定和文明素养传递给老百姓。

我担任局政治处处长时，经请示领导同意，专门组织了一支业余文艺演出队。我们发动系统内十几位多才多艺的城管队员，利用业余时间，自编自导自演了一台节目。我们借鉴当时央视的做法，打出"城管队员与社区群众心手相连文艺晚会——走进某某社区"的横幅，在夏秋时节的夜晚，陆续走进有需求的社区广场义务演出。

队员们将执法管理中的场景，汇编成市民群众喜闻乐见的小品、绍兴莲花落、舞台剧、滑稽戏等曲目，走进老百姓的中间。活灵活现的表演，常常引得观众的阵阵掌声与喝彩。节目之间，主持人会穿插进行城市管理小知识的有奖竞答，气氛挺热烈。

演出的"盛况"经过媒体的报道，上门或来电联系的社区不少。毕竟，"演员们"是利用业余时间演出，多了也吃不消。我们每年大约安排三十场，连续演了三年。

其间，有一些专业人士得知消息后，表示愿意义务参加我们的社区演出，为宣传城市文明出一点力。第二年中秋节前的一个夜晚，我们在吴山广场举行了规模盛大的文艺晚会。著名歌唱家杨九红、张承军，著名主持人"阿六头"安峰、"汤大姐"汤君儿等名家和队员们一起为观众们奉献了一台精彩纷呈的演出。

城管执法进社区活动持续推进着，执法队员们与市民群众的良性互动也越发活络起来。那天在潮鸣街道某社区的演出非常成功，一群看完了文艺演出的大伯大妈们琢磨着，该为城管做点啥。他们舍不得马上离开演出场地，七嘴八舌，意犹未尽。

说着说着，双方一拍即合。决定依托这些可敬可爱又好管"闲事"的老人，建一个"城管和事佬工作室"。简单地说，就是处理发生在小区里的一些鸡毛蒜皮的小事，这些小事实在摆不上桌面，弄得不好还容易伤了邻里之间的和气。这个时候，"和事佬"们一出场，做些和风细雨的劝导，很多时候能收到奇特的效果。

比方说吧，长假过后，小区里养鸡的住户会多起来。假期里，许多人离开城市回了乡下老家，假期结束时，常常会带回父母亲戚养的土鸡。一时间来不及吃，有的人就会把它们养起来。

鸡难免要鸣叫，自然会影响邻居休息。鸡粪有很重的异味，隔壁邻居被臭着了不高兴。为此类问题引发的邻里纠纷不少，但又没有很好的解决办法。有人会拨打热线电话向城管部门举报投诉，因为《城市市容和环境卫生管理条例》规定，城区是不能私自圈养禽畜的。

问题是，如果住户不愿开门，城管队员根本无法入室抓捕。一旦鸡拍打着翅膀鸣叫着在小区里拼命地逃跑，城管队员在后面使劲地追赶，那场面肯定很难看，颇有些"鬼子进村"的感觉。

咋办？请"和事佬"们出马呗。

一次，老张家养了几只鸡，早上闹腾得早，隔壁老王敲门提了意见也没用。

这时候，老李和老周找上门去，"老张，小区里不好养鸡的，又臭又影响环境，老远就闻到臭味了，你还是赶紧处理掉吧。"老周和颜悦色地劝道。

"是啊，老王也来找过我们了，天气热了，鸡粪味很臭，弄得不好，还容易引发传染病。你呢，干脆早点杀了算了。"老李在一旁"帮腔"。

"如果城管他们来，还要罚钞票呢，不划算的。"

老张一脸尴尬，"这两天放假，儿子从他丈母娘家带回来两只鸡，还有其他不少品种的菜，一时吃不光，准备先养几天。再说，我家还真的没人会杀鸡。以前么，拿到菜市场里花三块钱就搞定了，现在菜场里不准宰杀了，嗨！还真是个麻烦。"

"这好办，杀鸡我拿手的。"老周笑起来，做出一个咔嚓的手势，"这样吧，你马上烧一大锅开水，我回家去把专用剪刀取了来，立马动手。你看怎么样？"

"那太好了！就是要辛苦你了。"

老周风一样地走了，留下一句，"没关系，很快就完事的。"

老周果然是把好手，三下五去二，事情办得妥妥的，小区里又恢复了往日的和谐与宁静。

一组新闻图片引发的"狂风暴雨"

　　一个休息日的午后，我在家里读报。

　　一份非常有影响力的报纸的头版，刊登了一组新闻图片，图片中熊熊燃烧的火焰和几位端着脸盆奋力泼水的群众立马吸引了我的眼球。

　　图片下配发的文字说明写道：南方某地为了拆除一处占地一千多个平方米的违章建筑群，出动了两百多城管队员和公安干警，他们强行将长期居住在这里的七十多位居民驱离室外，将屋内的家什尽数搬出，然后放了一把火，烧掉了这些违法建筑。

　　看着照片上那些住户们拿着脸盆、塑料桶甚至水瓢，试图扑灭燃烧着的曾经的家园，我的心中隐隐作痛，无比愤慨。

　　同样愤慨的，还有这份著名的报纸。该报为此配发的评论员文章尖锐地指出：用如此野蛮的方式拆除违法建筑，很容易让人联想起当年的"鬼子进村"。他们虽然拆除了一处违法建筑群，却也由此崩塌了政府执法队伍的形象。

特别是，面对目击群众的质疑和批评，街道执法队的负责人振振有词地辩解："我们所做的每一步都符合程序规范，关键步骤都有录像佐证，而且放火清拆会拆得比较干净。"这样的说辞，简直是一派胡言！

放下报纸，我的心绪难以平静。我在自己的博客里记录了当时的心情，写下了《野蛮执法的代价》。

……的确，拆除违法建筑是行政机关的法定职责，是行政机关履行行政职责的执法行为。相对人超出限定时间而未自行履行，政府有权强制执法。问题是，这样的做法实在是太粗暴、太野蛮了！很多人反映，只有在鬼子扫荡的电影中，才会看到这血腥的场景，实在有损政府的形象，有损执法队伍的形象。这种不合人情常理的作为，已经触犯了众怒，成为执法队伍又一页不光彩的记录。

……说句实在话，长期以来，全国的城管执法队伍在老百姓的心目中形象欠佳，其中根本的原因，就是执法过程中有些人态度蛮横，程序不规范，执法不公正。这种现实，成为许许多多有责任感的城管执法人员心中的痛。特别是各地陆续成立城市管理行政执法局以后，都十分重视狠抓队伍建设，狠抓规范执法，文明执法，取得了一定的成效。但是，不容否认，要在老百姓心目中树立起城管执法队伍的良好形象，确实任重道远，需要全国各地的城管执法部门做长期而艰苦的努力。

这一把火，在全国各地的媒体上熊熊燃烧，全国各地的城管又经历了一次极其难堪的"烧烤"。在信息化的时代，如此丑恶的消息，无疑会长着翅膀飞翔到地球的角角落落。作为城管队伍中的一员，我真诚地呼吁全国的城管执法部门，为了这支队伍的荣誉和尊严，千万别再做出"烧人家房子"这样与老百姓离心离德的傻事啊！

这件新闻一经网络转发，瞬时成了热门话题。网页上跟帖无数，责骂声不绝于耳。

"拆除违法建筑，本身没有错，只是操作的手段太野蛮。"这样的批评算是温柔的。

网友"天上的星星"责问:"这又是一笔城管犯下的滔天之罪,我们记着呢。你们这样干,跟实行三光政策的鬼子有什么区别?"

"想不到,朗朗乾坤,还会有这样血腥的执法场面,城管,你们简直就是土匪强盗啊!"有网友愤怒斥责。

一位显然是法律工作者的网友挺身而出:"城管人员用违法的方式处理违法行为,本身就违法了。如果需要,我愿意免费为那些无家可归者提供诉讼服务,与城管斗争到底。"

仔细浏览网友们的留言,那些包含其中而又极具杀伤力的谩骂的词语,我实在不忍一一罗列。坦白地说,虽然只是一个地方的恶意操作,但躺着中枪、需要舔舐伤口很久的,却是全国所有的名声原本就不太好的城管。

这时候,"得道多助,失道寡助"似乎又有了新的例证。我所在城市的多家纸媒的评论版面,着实穷追猛打了一阵,言辞犀利,一连数日,替老百姓好好出了一口恶气。那些时日,我们仿佛做错了什么,在人面前,不大抬得起头来。可见,天下城管,连带得紧。

在遍布全国的口诛笔伐声中,城管的名望,持续下跌,下跌。

出乎意料的是，不出半年，我竟然也遇到了类似的情况。只不过，违法的事实行为有所不同，但领导的关注度却是极高的。

那天，单位领导将我叫到他的办公室，说是有"要事"商量。

"刚才，市领导的秘书打来电话，他们经过××路的时候，发现道路中间的绿化带里，有一批'刀旗式'的广告牌，十分难看。"他呷口茶，望定了我，"看样子，市领导不满意了，你能不能带人连夜去把这批广告牌拔了？"

这样的处置方案，的确是我没有料到的。

见我犹豫，他好像有些不爽，"这点小事，不难的，就当作无主广告，趁深夜路上车子少又不被人关注，叫几个人拔掉算了。"

面对他的催促，我的脑子里突然冒出了那几张火烧违法建筑的图片。即使对方违法，我也不能用违法的方式去处置，这是一个执法者应该始终坚守的职业底线。更何况，万一这批广告是经过审批而合法设置的呢？

我想，单位领导的心情是可以理解的，一把手么，上头有了吩咐，基本上就没有了退路。但这个时候，千万不能"唯上"！否则，极有可能误判。

"您放心，我一定会尽快处理好这件事。"我领了任务，心里大致已经有了解决问题的办法。

我找来几位骨干商议。大家分析了各种可能的情况，针对性地提出了应对措施，很快就形成了工作方案。

派出去的"侦查分队"快速报来消息：这批设置在横跨两个区域路段的广告，是政府某部门为了一个临时性的活动而委托广告公司办理的。因为广告中的内容比较"高大上"，又处于两个辖区的结合部，两个区的城管队员因此都视而不见。

经过询问了解，广告公司接到业务后，由于时间紧，便动起了小脑筋，以政府某单位的名义打起了"擦边球"，这批广告确实未经相关部门审核批准。

城管队员对广告公司的王经理进行了批评教育，按规定开具了法律文书，要求该公司在指定时间内自行拆除这些广告。王经理自知理亏，态度上还是蛮配合的。

第二天夜里十点之后，路面上的车辆相对稀少了。在交警部门的支持下，带着夜光的隔离墩设了起来。师傅们手脚麻利地挨个拆除了这些绿化带里的广告。

事后，我们给市领导写了一个简要的情况汇报。未想到，我们很快就收到了市领导的亲笔批示：很好！城管执法局依法处置，雷厉风行。

想想也是，面对这些当时不明真相的广告，我们何必不问青红皂白，让自己人趁着风黑月高的夜晚，冒着被汽车撞死撞伤的风险，去干偷偷摸摸的傻事！执法者，就应该在阳光下依法履行职责。

这让我想起另外一件有意思的往事。

那一年，为了创建全国文明城市，全城动员，志在必得。作为"主力"，城管的忙碌辛苦自不待言。为了取得好成绩，城市里的各个角落，几乎都被翻箱倒柜地彻查清理一遍，以消除死角和盲区。

一次小范围的会议上，专门研究了关于散布于城市中的夜市问题。尽管意见不一，但主持会议的领导的意见却是明了的：全市成规模的、设置于道路或人行道上的夜市，一律取缔。

之前，我们早就做过关于夜市问题的调查，也向有关方面专门做了汇报。主城区内成一定规模的夜市总共有三十二家，大多数是经营日用百货类的，也有极个别人气爆棚、食客们趋之若鹜的露天大排档。

这些夜市的情况其实挺复杂的。有些经过政府部门审批，有些自发形成。最久的已有三十多年历史，也有近几年才冒出来的。坦率说吧，这些"马路市场"虽然不大正规，却是"夜间经济"的有效补充。老百姓喜欢，因为这里有他们喜欢的东西，方便生活。

还别说，有的夜市名声很响亮。

比方说吧，那个吴山夜市，在"河坊街历史街区"没有恢复之前，那可是我们这座城市中旅游者们夜晚最向往的地方。傍晚时分，白天忙碌的车流被交警摆放的隔离墩阻挡在了外面，灯光下狭窄的吴山路两侧变戏法似的生出两溜密匝连绵的小摊。有的露天摆在地上，讲究些的是那些有固定位置的雨篷。

人们徜徉在拥挤的人潮中，挑选着自己感兴趣的古玩、丝绸、小物件。累了，便朝着散发出浓郁香气的地方踱过去，落座于那家门口常常排起长龙的"吴山烤鸡"店里，尝一只刚刚出箱的烤鸡，喝一碗醇厚的加饭酒，看店外来来往往的人流，岂不快哉！

这样的夜市，真的应该取缔吗？凭我的直觉，干这事，老百姓肯定不会支持。到时候，骑虎难下，咋办？再说了，即使真的废了九牛二虎之力，让这些夜市彻底消失了，我敢肯定，经营户们并未走远，他们"聚是一团火，散成满天星"。他们依然会待在这座城市，转入"地下"，与城管昼夜打游击。

思虑再三，我找了一个合适的机会，向这位作风民主平素里比较好说的市领导建议："我们能不能换一个思路，借这次文明城市创建的机会，树几个夜市的样板，好好把我市的夜市规范起来？"

"夜市管理有没有标准？你有把握吗？"

"夜市管理的标准，从上到下倒是没有，但我市有几个夜市管理一直很规范。"我从领导的问话中，感觉到事情或许还有转机，"如果您同意，这段时间我们抓紧去搞个样板出来，弄一个我市的夜市管理标准，怎么样？"

"好吧。其实要取缔全部三十多个夜市，确实挺难的。说不定，还有可能出现新的问题。"他说，"只是时间很紧张了，你们的工作要抓紧进行。"

我的脑海里一下子就浮出了自己非常熟悉的新市街夜市。

二十世纪八十年代中期，这里作为本市最早大规模开发建设的居民住宅新村，刚启用不久，在新市街两百来米长的街道两侧宽阔的人行道上，就一下子冒出了几十个小摊。摆摊的人当中，有附近土地被征用的村民，更多的是附近一所大学利用业余时间来"练摊"的学生。街道干部见状，专门向区政府打了报告，这个夜市就算是领到了"准生证"。

慢慢地，大家约定俗成，下午四点一过，摊主们陆陆续续赶来，从三轮车上卸下衣服、鞋子、箱包或针头线脑、儿童玩具甚至马桶吸子。将这些货品在相对固定的地面上摊开，吆喝声中，生意便开始了。

这些年来，街的两侧满满当当，有了一百多个摊位。到了晚上的十点左右，逛摊的人渐渐少了，摊主们也就收拾了东西回家。除了雨雪大风天气，不论严寒酷暑，这里的夜晚一直是个热闹的地方。

我给辖区政府的负责人老张打电话："你能不能用点心思，将新市街夜市好好规范地管起来，成为城区夜市的样板？"

"那太好了！市里开完会，要求取缔主城区所有的夜市，我们辖区里就有五个夜市呢，大家正在发愁，商量着怎么办。"听得出来，他的语气中满是欢喜，"大部分夜市，都是老百姓欢迎的，一律取缔确实不是个事儿，这样有疏有堵才是好办法。"

"时间很紧，夜市面上秩序要更加有序整洁，属地街道要有严格的管理规范和服务监督的具体措施，给你们一周时间，行吗？"

"没问题，放心好了。"我知道老张是个爽快的人，与我一样，当过二十多年的兵，不会有大的闪失。

但我还是要给他加压，"听好了，你这次相当于搞试点，搞得好，全市都按照你的标准来。如果演砸了，从你这里开始带头整治，没有二话。"

几天后，老张打来电话，大着嗓门儿："弄好了，可以请市领导来实地考察啦！"

我马上向领导做了汇报，邀请他去新市街现场看看。

说真的，那天晚上的新市街，可以算是有夜市以来最整洁的一天。明亮的灯光，显然是刚刚更换了灯泡。摊主们正忙着招呼客人，不少市民在摊前挑挑拣拣，与摊主讨价还价。我发现，摊群中有穿红色背心的环卫工人在清扫保洁，这在以前是没有的事。

老张迎上来，一边走，一边给领导作介绍。"我们向每一位摊主都发了倡议书，希望大家讲究卫生，文明经营。这几天，街道干部和摊主代表一起反复商量，成立了夜市自管会，制定了监督考核办法。我们还出了点钱，改善了照明系统，配备了清洁人员，摆放了好几只清洁桶，为他们这些长年在户外经营的摊主提供一些更好的服务。"

一行人看完了整个夜市，"你们的管理非常不错，给人耳目一新的感觉。要是主城区的夜市都能达到这个水平，我看完全应该保留下来。"看上去领导的情绪挺好，"不过，要是每个摊主都能够做个架子，把东西放在架子上卖，那一定会更加整洁有序了。"

大家一时有点发愣。

老张接口道："领导，俗话说得好，地摊地摊嘛，就是应该摊在地上卖。"

"是啊。"大家听了，笑起来。

"也是哦，地摊嘛，还是摊在地上好。"领导善解人意，握着老张的手，晃了好久。

后来，以新市街夜市为标准，规范审批了一批夜市，当然包括那个鼎鼎大名的吴山夜市。它们添亮了城市的夜色，成了另一道别样的风景。

假如这个耳光打在了你的脸上

那个秋日的午后，空气里已经有了隐隐约约的桂花香。经历了一个漫长酷暑熏蒸的花花草草们，渐渐舒展了筋骨，活络了起来。这座久负盛名的城市，一年之中，最美的时节来临了。

对于城管执法队员阿刚来说，这不过是三百六十五天之中平淡无奇的一天。"入行"九年了，年复一年，日复一日，穿行在两点七平方公里辖区之内的大街小巷，便是他和队友们每天的功课。久了，这里的一店一弄，路边的一草一木，他心里都记了本账，连小区里的大伯大妈也"阿刚阿刚"地这样叫他。

阿刚带领两名协管员行走在高校林立的学院路上，这个三人组合刚组建一个多月，有些以老带新的味道。这些年城市化进程加快，执法力量严重不足，协管员作为辅助执法的力量补充，跟着扩充了不少。老百姓自然有些意见，主要反映一些协管员素质太差，但城管内部自有苦衷，活总要有人做，这也是不得已而为之。

自从市里对城管工作提出"洁化、序化、亮化、绿化"的更高要求以来，阿刚他们就更加像个陀螺，高速运转，一刻也不得闲。如果说，洁化由上万名环卫工人起早摸黑地负责清扫，亮化和绿化由专业的机构养护打理，那么，序化则是压在城管执法队员身上的一座"大山"。

简而言之，序化就是要确保整座城市整洁有序。沿街商铺不出店经营、人行道上不违法停车、公共场所不乱贴广告等等，都是一些琐碎而易发的"小事儿"。

阿刚三人沿着一家挨一家的店铺往前查看。这时候，阿刚视线的余光里，前方人行道上有一个戴了草帽的身影，正在从三轮车上往下搬东西。

阿刚加紧了脚步，一阵风似的往前赶。

"大伯，你这是要干啥呢？"阿刚有些气喘，朝大伯敬了一个礼。

"不做啥。我家里养了一大批盆景，有好几年了，蛮好看的，现在我准备卖掉它们了，城里人肯定喜欢的。"大伯看上去有六七十岁，大草帽下一张黝黑的脸庞，上面镶嵌着刀削般的皱纹。

阿刚放低声音，"大伯，市里有规定，这条大街上不能随便摆摊卖东西的。"

"什么？谁规定的？为啥我就不能摆？"没想到，大伯的嗓门一下响了起来。

"这是法律规定的，谁都不可以在人行道乱摆摊。你看，这里行人这么多，摆摊会影响大家的通行，环境卫生也弄糟了。"

大伯有点较劲，"我是附近郊区农村的，你不要骗我了，我们那里是可以随便摆的。城里人多，生意肯定会好一点，我才来这里的。"

阿刚见大伯有点难缠，主动说："大伯，附近社区主任我熟悉的，我打个电话联系一下，看看你能不能到小区里去卖，我知道，不少居民喜欢盆景的。"说完，摸出手机，准备拨打。

"我就是不去！"大伯不知道怎么就较上劲了。"我什么地方都不去，就喜欢在这里卖，你能把我怎么样？"

场面一下子变得有些尴尬。

其实，这样的情况，对阿刚来说，实在是家常便饭的事。许多次，在执法现场，阿刚都是耐着性子，苦口婆心地与对方"磨"，最终搞定了。

熟悉阿刚的人，都知道阿刚有句"名言"。在一次中队会上，他说，法律可以冷酷无情，但我们在执法管理过程中应该充满阳光温度。后来，这句话辗转传到了我的耳朵里，我深以为然。

阿刚沉住了气，与大伯拉起了家常。与相对人反复"周旋"，纾解他们的心头之气，以寻找突破口，据说是他常用而有效的手法。

未料，两位协管员见师傅久攻不下，心里焦急，悄悄闪到了一边商议。其中一位便通过对讲机呼叫队部，希望火速增派力量。

阿刚和大伯正聊得热乎，突然，来了两位城管队员和一名公安。阿刚脸上露出诧异的神色，不知道怎么会出现这样的情况。大伯条件反射般地拉下了脸。

"你这个骗子！跟我磨了那么长时间的嘴皮，原来是缓兵之计啊。"大伯朝阿刚怒瞪了眼睛，狠狠地骂，"我要揍死你个兔崽子！"

说时迟那时快，大伯抡圆了右手，朝阿刚的左脸扇过去。"啪"的一声脆响，阿刚根本来不及反应，大伯的手掌结结实实地打在了他的脸上。

公安迅速上前制止了大伯继续殴打阿刚的企图，准备对其采取强制措施。

刚巧路过此地的《青年时报》摄影记者小吴，目睹阿刚与大伯长时间交谈的场景，出于职业敏感，他早就找好了角度，静观事态的发展。当大伯冲动着抡起右手的时候，他果断连摁快门，拍下了大伯扇打阿刚耳光的照片，动感而富有视觉冲击力。

阿刚捂着被打红了的脸，用手示意同事们不要马上采取强制措施。"我刚才与大伯基本上说好了，如果他愿意，我准备联系社区，让他搬到小区里去卖，那里有块空地的。"他询问大伯，"你看怎么样？"

大伯显然没有想到阿刚会这样，便搓着手，掩饰着犯了错之后的不安。"对不起啊，实在对不起，我错怪你了。如果可以的话，我愿意去小区里卖，以后再也不会到大街上来摆摊了。"

阿刚闪开了众人，到一边打电话。

几分钟后，他对大家说："张主任同意了，大伯的这批盆景可以到她的社区里一块空地上去卖，大家一起帮大伯收拾一下吧。"看众人不解，他接着说："其实，刚才大伯已经被我说动了，愿意到社区里去卖。他是第一次来主城区卖自己平时莳弄的盆景。"

在阿刚的指点下，大伯签下了承诺书，保证以后不再到主城区人行道和公共空地上摆摊。大家帮着大伯收拾了东西，往小区去了。

目睹了这一幕，拍好照片的小吴甚是不解。本以为一场打斗在所难免，光天化日之下被人无辜扇了一个耳光，血气方刚的，怎么咽得下这口气？他跑步上前，拉住了阿刚。

"我是报社的记者，刚才的一切我都亲眼看见了，也用照相机拍了下来。能够做到打不还手，骂不还口，而且还帮大伯找了可以设摊的地方，你真的很了不起！"他朝着阿刚竖起了大拇指，试探着问，"我想明天跟着你执法体验一天，行吗？"

"其实也没什么。我们天天在街面上巡查执法，纠正处理各种各样的违法违规行为，今天你见到的还不算严重。"阿刚的口吻有些轻描淡写。"你要和我一起干一天？当然行啊！不过，你只能当个志愿者跟随观察，有兴趣的话，可以对违规违法行为进行劝导。"

第二天，小吴如约来到阿刚所在的中队。简单地学习了城市管理的法律法规之后，阿刚骑上单位里配备的电动自行车，出发了。车上杂物盒里塞进了执法文书、取证工具，还有一水壶凉白开。

阿刚稔熟地行进在有些逼仄的小巷里，不时要停下来，支好电动车。顺手将停放凌乱的自行车摆放整齐，与小店的老板打个招呼。

"阿莉，请不要把拖把晾在店外面哦。"

"水果王，刨下来的甘蔗皮，别摊在地上，要放进垃圾桶里去。"

阿刚一边不紧不慢地走过，一边与有些小问题的店家寒暄，对方哦哦地应着，赶紧动手把错误改了。

两个多小时下来，小吴有些腰酸背痛，他们找了个地方歇脚。

阿刚取出随身携带的凉白开，咕咚咕咚灌了几口。说起过往，阿刚撩起了衬衣，"干城管这么多年，没少挨打挨骂。你要管理甚至处罚别人，有几个人会高兴？有些讲道理的还好，遇上一些蛮不讲理的，还真的是憋气。你看，这几处伤痕，就是被不服从管理的小贩打的。"

　　小吴看见，阿刚的手臂和背部有四处明显的陈伤。"你怎么受伤的？当时发生了怎样的冲突？"

　　阿刚叹一口气，"说起来一言难尽。我的不少队友也都有受伤的经历，干这一行，受些委屈也是没办法的事。不过，现在好多了，城管正在慢慢被老百姓所理解。"

　　"作为执法者，一身制服穿在身上，当然必须得约束自己的言行。通俗点讲，就是骂不还口，打不还手，文明劝导，规范执法。"阿刚略作停顿，"刚开始时，年轻气盛，受到对方谩骂甚至扯打的时候，血就会自然而然地往脑门涌，拳头都攥紧了，差一点就要拔出拳头来。好在总是理智占了上风。"

　　小吴平时也曾听到过不少老百姓对城管的非议，"要做到这样真的不容易，你们内部有强制性的纪律规定？"

　　"前些年，市政府办公厅专门下发了我市城管执法人员的行为规范和纪律规定，要求非常明确，有点像正规军的味道。后来，又参照公安部门的要求制定了内部的《五条禁令》，每一个城管队员必须坚决遵守。"

阿刚从夹在上衣口袋上的执法证里抽出印有《五条禁令》的卡片递给小吴，"不过，我们的队伍是越来越正规了，市民群众爱护自己家园的意识也需要不断加强。我说小吴，你们媒体能不能多呼吁呼吁，号召老百姓对城市管理工作多理解、多支持，别让我们这些号称马路天使的城管队员不仅流汗流血，还要暗自流泪……"

"好啊好啊，我们报纸也是弘扬正能量的。"

后面的行程里，小吴用双眼和镜头详细而真实地记录了阿刚在工作中的点点滴滴。

第二天的《青年时报》纪实版，用一个版面的篇幅，发表了小吴采写的图片新闻。那张阿刚被扇耳光的照片，足足占了半个版面。几张阿刚的工作照边上，小吴用深情的笔触，发表了他的亲身感受《每天与压力同行》。

我读着这篇报道的时候，眼前立马浮现出了阿刚清秀的脸庞。因为工作原因，我曾经几次到过他所在的中队，与他有过一次关于队伍建设问题的长谈。

那天下班后回到家，我顾不上吃饭，伏在茶几上的电脑上，一口气敲出了两天后刊登在《青年时报》时评版上的评论《假如这个耳光打在你的脸上》。

……老实讲，看到这张照片，我一直在想一个问题：假如这个耳光打在你或者我的脸上，我们会是怎样的反应？我们能否在大庭广众之下忍受这样的委屈与肉体的苦痛？年仅三十血气方刚的阿刚做到了，打不还手，骂不还口，坚持原则，不卑不亢，在老百姓做考官的现场考核中交出了一份令人称赞的答卷。

但反过来说，正因为阿刚这样做了，在大庭广众面前表现出了一位执法人员应有的品质，才受到了围观群众的一致认可与支持，使看上去貌似弱势群体的卖花小贩知道了自己的理亏，一场管理与反管理的矛盾冲突在执法人员理性处置下得到了妥善化解。

按照阿刚的说法，打不还手，骂不还口，是他们单位内部的纪律规定。而在我看来，这是他作为履行公务的执法人员良好职业素养的基本反应，没有平日的积累，不可能有如此沉着理性的表现。这件看似偶然的事件，其实在记者随后跟随他进行了一天执法活动的详细记录里，找到了答案。这位干了九年城管工作的基层队员，对辖区里的违法现象既严格管理，又善于说服劝导，不失人性化。在日复一日的城市管理中，他遭遇过许多次相对人不服管理而采取的抗法行为，身上至今留着四道被小贩打后的伤痕，而忍耐着没有动过一次手。

这张记者偶尔拍到的照片以及随后采访的文字，在带给我们心灵震撼的同时，也告诉了读者一个真实的信息，那就是，城市管理的难度和我市城管执法人员的良好形象。

一个时期以来，关于城管方面的负面消息充斥媒体网络，关于城管这支队伍是否需要存在的讨论也始终成为热门的话题。据笔者观察，确实有一些城市的城管正在走"以暴制暴"的道路，城管与摊贩成为势不两立的矛盾体，由此造成的"暴力执法"与"暴力抗法"，是老百姓所不能接受的。

与此同时，某市城管用几十人围住占道经营的大排档，"用眼神温柔地盯死你"，照样受到网民朋友"是否不作为或故意作秀"的质疑。依我看，城管无论走哪一个极端，都是不可取的。只有坚持依法、文明、规范和人性化相结合，才是比较好的选择。

笔者还特别检索了近期本地媒体对本市城管的报道，发现不时有执法人员在履行公务时被相对人打伤，有被西瓜刀砍断手指的，有被打成脑震荡的，还有视网膜被打脱落的……这些事实也提醒我们，当人民大众要求城管人性化执法的时候，那些非法设摊的朋友们，是否也应该自觉遵守有关法律的规定，管好自己的言与行？

依法管理城市，提倡文明规范执法，杜绝野蛮暴力执法，是和谐社会的要求和人民群众的期望，也应该是城管执法部门工作的出发点，从这点上讲，阿刚用自己的行动为我们提供了一个可贵的范本。

在文章的结尾，我以普通读者的身份，大声疾呼：一个基层城管执法队员，为了这座城市的美好，甘愿忍受肉体的痛苦和精神的污辱。作为这座文明城市的市民，我们应该做些什么？

文章见报当天，在全市城管执法系统产生了很大反响。作为同时分管宣传工作的我，收到不少来自干部队员的询问电话，他们不解，现在还有这么理解我们的作者，毫无顾忌地为我们城管说话？

我无言以对。为我的同事阿刚感到自豪，也为自己做了一件有意义的事而欣慰。

局长拿着《青年时报》找上门来，"你看，今天这篇文章说出了我们的心里话。你能不能通过报社，找到这篇文章的作者木公？"

我好奇，问："你找他干什么？"

"我要见见他，向他对城管工作的理解和支持当面表示感谢。这是一篇难得的正能量评论。"

"你是真心想见木公？"

他笑起来，"当然啦！我还要去看看那位忍辱负重的阿刚，感谢他为了大局而做出的牺牲。同时，我还要谢谢那位关心城管工作的小吴记者。"

我故作镇定，轻声告诉他，你想见的木公，远在天边，近在眼前。

他一愣，随即恍然大悟，连声说："怪不得，怪不得。我们就需要这样能够客观反映基层干部队员爱岗敬业的文章，以后你辛苦点，发动系统内部的笔杆子们多写点正面的新闻报道。"

那一天，我们聊了很久。聊着聊着，一个话题鲜活地蹦了出来——设立城管执法"委屈奖"，用以安慰和表彰那些在平凡的岗位上忍辱负重的"阿刚们"。

这是需要的。

"大禹治水"告诉了我们

一条兴风作浪的水龙

把你折腾得好苦

那个久远的年代

体恤百姓的官员本就不多

你却用三过家门而不入的豪迈

留下彪炳千秋的美名

一次次的失败后

你苦思冥想

传承中的水来土掩咋就不灵

屡战屡败

屡败屡战

那个心乱如麻的月夜

凝望浩荡奔涌遇山而曲的江水

你恍然大悟

终于找到了治水的良方

从此

成就了你的伟业

也铸就了你

千古不朽的精神与思想

疏堵结合

成了解决一切难题的钥匙

被后人奉为法宝

千年后的今天

有个叫作城市化的运动兴起

繁华的都市

拥入无数还未洗净脚上泥土的农民

当起马路边贩卖的商人

于是

对马路贩卖的管理

成了头痛的问题

猫捉老鼠的游戏总在上演

相关的争论也总是成为热门话题

有人惊讶

好似遭遇了当年的洪水灾情

也有人包容

弱势群体的生活着实不易

城市管理理应围绕和谐这个主题

城市的繁荣与市容

老百姓的肚子与政府的面子

谁说找不到一致的答案

你用智慧与实践

给我们作出了回答

今夜

苦恼的我

又一次想起了你

感悟你面授的机宜

这首取名《想起大禹》的"诗"（如果可以称为诗的话），写于二〇〇七年八月二十三日的深夜。这是我第一次写诗，有些啰嗦，也有点长。

还记得，这一天酷热难当，天气预报报了罕见的四十一度高温。沥青路面上方蒸腾着有些虚幻了的暑气，树叶们耷拉着脑袋有点萎靡。即使夜幕降临之后，空气仍然火辣辣地烫人，只有知了扯着嗓子在不知疲倦没完没了地聒噪。我窝在凉飕飕的空调房间里，心里燥热难安。

这近一年的情势，着实让人不安。全国好几个地方，发生了城管与群众互相伤害的事件，各种各样的相互冲突更是层出不穷。这些夺人眼球的新闻，时常在媒体上传播着，发酵着，大多酿成铺天盖地的对城管的愤怒声讨。

人说，婚姻有七年之痒。掰指数来，从二〇〇一年实行新型城市管理制度以来，恰好七个年头。我在想，难道城管也有七年之痒的说法？

"取消城管！"并非仅仅是民间部分群众的呼声，网络上更是热门话题。恰在此时，高层多个部门联合发文，对相关执法单位的着装乱象进行整顿。由于城管属于"底下子孙满堂，上头没有爹娘"的"地方部队"，全国各地的城管平时就穿着各式各样五花八门的服装，自然拿不出上头的红头文件来。一时，脱衣服，便成为全国城管心里的痛。

当然，这个时候，城管们的心里还窝着一股子火。这股火无处发泄，憋着，迟早便要出毛病。

城管们憋着的这股火，来自于当地政府的"高标准，严要求"。大江南北，许多个城市似乎是不约而同地提出，对城市管理方面的违法行为实行"零容忍"。南方某市着手打造"最清洁城市"，最基本的方法和手段，便是"严管重罚"和"零容忍"。更有甚者，一个经济并不发达的内地省会城市，信心满满地要开始创建"无摊城市"……

这种貌似"大跃进"式的激进状态，以及城管所面临的内外交困，让我无比忧虑。坦率地讲，这个时候我的心情是有些沉重的。

一味地"堵"，会有好的结果吗？

毕竟，城市管理中涉及的有关问题，均属人民内部矛盾的范畴，处理不慎，无疑将适得其反。

一个周日的下午，正在小区里遛狗的王大妈拦住我，向我诉苦："你看，我牵着花花刚才在小区里散步，好好的，保安跑过来说，这时间不能遛狗的，否则要通知城管立即来处理，要求我赶紧带狗回家。他还给了我一份犬类管理规定的宣传单，要我好好看一看。你说哪有这样的道理？"

对犬类管理规定这件事，我当然是非常清楚的。市里的有关规定明确，允许遛狗的时间为晚上七点之后至早上七点之前。公园、广场、公共道路等场所，一律禁止遛狗。应该说，要求是比较严格的。

"我们这里的狗狗真的是好惨啊！简直就是暗无天日的狗。"王大妈发着牢骚，顺手把花花搂在了怀里。

见我不解，她接着说："除了夏天，我们这里大多数日子，早上七点之前，天还是墨墨黑的。而到了晚上七点之后，天又是墨墨黑了，狗狗们只有在这个时间段出门活动，岂不是暗无天日？"

想不到，王大妈这么有幽默细胞。

可不是嘛，这样的时间规定，对养犬者来说，是有些不方便。我知道，相比于遛狗时间的规定，限制遛狗的场所规定就更加严苛了，如果严格执行，那么只有一个场所是可以随时遛狗的，那就是，养犬者自己的家里。

坦率讲，老百姓关于这一方面的意见是不少的。但对于城管部门来说，只有严格执行法律法规的份。制定或修改法律法规，显然是属于上级有关部门的事儿。

据了解，之所以要立法对犬类进行严管，是因为这些年犬类伤人扰民事件的频繁多发。现在的问题是，绝大多数养犬者一出门遛狗，就几乎已经处于违法的状态。那么，当出现法不责众的尴尬时，法律的权威和执法的效率就无疑打了折扣。

后来，几经周折，市人大常委会在广泛征求各方面意见的基础上，修改了《限制养犬规定》中的某些内容。这些修改，既充分考虑了不养犬人群的权利保障，也为养犬者在受约束的同时带来了一定的便利，更加显得人性化。

有一次，我去市郊塘栖古镇。道路两旁的田园里，一望无际的枇杷树上，挂满了金灿灿黄澄澄的果子，散发出诱人的芳香。偶尔可见，路边有人已经提着篮子在贩卖早熟的枇杷了。同行的朋友说，过不了几天，这里的数千亩枇杷就可以大面积开摘了，到时候热闹得很。

说起来，塘栖枇杷可真是大名鼎鼎有来头，距今已有一千四百多年的栽培历史，自唐代起就被列为贡品。连李时珍的《本草纲目》也有记载，"塘栖产枇杷，胜于他处，白色者上，黄次之。"时至现在，每年五月，当地都会择日举办美食枇杷节。

枇杷好吃，但难以贮存。对一些农户来说，半个多月内如果卖不掉树上挂满枝头的枇杷，那就只能眼睁睁地看着它们烂掉了。一年的辛苦，也就付之东流了。

因此，以往枇杷上市的时节，小镇里差不多每一条道路的两旁，都铺满了枇杷摊，连绵不断。现在各级政府对城市化区域内市容环境卫生的水平要求高了，对这些季节性的贩卖行为该如何处理？

这其实不是一个小问题。在我所在城市的周边县域，大多产出季节性非常强的时令水果。比如杨梅，前后只有短短半个多月的采摘期，又处在梅雨时节，及时将杨梅销售出去还真不是件容易的事。农村要发展，农民要增收致富，这些"摇钱树"功不可没。

回单位后，我们立马召集相关部门及区县商议，从最紧迫的塘栖开始，希望当地区政府能够结合实际，协调有关部门，在"不影响交通、不明显影响市容环境"的大前提下，在一定的时间段内，允许划设"枇杷临时售卖点"，并总结出具体的操作流程和细则。

临时售卖点启动以后，受到广泛好评。据当地群众反映，这一年的枇杷旺季，是该镇历史上最有序最整洁的一次，广大果农的脸上挂着欣慰的笑容。

后来，我们将这个做法在有需求的区县推广。一时间，"双浦西瓜地图""建德草莓地图"等一批特色农产品临时销售点相继在一些小城镇出现，当地政府主动派人加强现场管理，安排环卫工人做好清扫保洁，老百姓无不拍手叫好。

写到这里，我想表达的意思其实已经很明显。城市管理仅靠"堵"是没有出路的，疏堵结合，先疏后堵，才是大禹历经千辛万苦告诉我们的社会治理之道。

而"疏"，在城市管理领域中无处不在。"疏"，并不仅仅是为弱势群体或有需要的人增设几个摊位这么简单。科学立法，淘汰劣法，修改完善相应的法律法规，在我看来，是最为重要的"疏"。

　　通过广泛宣传，增强人们遵章守法的意识，提升市民的文明素养，是减少违法违规行为的有效手段，也是最高明的"疏"。在杭州城区，凡是没有红绿灯的斑马线前，过往的车辆都会自动停下来，让行人先行通过。而行人也往往会加快了脚步，并向让行的司机师傅竖起大拇指！这样的良性互动久了，就形成了这座城市市民良好的交通习惯。这其中，一手软，大张旗鼓搞好宣传，一手硬，严肃查处违反规定者，疏堵结合，相得益彰。

　　我曾几次到过国外的一些城市，有一个非常深切的感受。那就是，大多数国人，包括我自己在内，一到了国外，就会变得"老实"一些。何故？是因为，导游一接上我们，就开始向我们宣传，什么事情不能做，做了以后有什么后果，这样的提醒往往十分奏效。

　　比如说，导游告诉你，不能在无烟房间里吸烟，否则测烟仪会自动感应并报警，执法人员就会迅速找上门来，对你处以严厉的处罚。

再比如，到了东南亚某国，千万不能嚼口香糖，更不能随便吐口香糖残渣，一旦查实了，轻则损失白花花的银子，重则脱了裤子鞭刑侍候！这样的传说，已成了江湖传奇，谁还敢造次？

当国外的导游把这些规矩及时向你交代了，提醒了，大家就不得不掂量掂量，自此便约束了自己的举止。烟瘾再大的兄弟，也一定得跑到露天的地方才能去吸上几口过过瘾。随地吐痰之类的事，便不会像以前那样无所顾忌。有次去澳洲某城市，几位肚子饿了的同胞，刚取出食物，导游连声制止，说是当地法律规定车上不能吃东西，大伙只好乖乖地忍着。

从这个角度说，抓好导游这个城市"导航者"的培训是十分重要的。经过多方的努力，我市的《旅游促进条例》中如今已经有了类似的明确规定。我以为，并一直为之呼吁，在城市公共交通工具上，在城市公共空间的广告布局上，在公共媒体的传播平台上，加大对城市管理规定和文明素养方面的宣传，十分必要。因为，它是城市管理中"疏"的重要一环。

当然了，就城市管理而言，可以采用的"疏"的手段还有很多。做好了"疏"的工作，就是磨刀不误砍柴工，就可以收到事半功倍的效果。

　　二〇〇七年的全国"两会"上，据媒体报道，有近三分之一的提案议案是关于城市弱势群体生存问题的。想起工作中的诸多难题，我给省内一家著名报社写了一篇评论，题目是《城市管理仅靠堵没有出路》，其中写道：

　　……长期以来，对流动在城市的无证摊贩的管理，一直被认为是令城管执法部门最头痛的难点问题，执法人员与小摊贩之间猫捉老鼠的游戏无奈只得日复一日地上演。而无证摊贩在方便了群众生活的同时，也常常会带来影响市容、阻碍交通等一系列问题，让居民群众既爱又恨。据某市城管执法局指挥受理中心透露，刚过去的一年中，该局系统接到市民群众对此类问题的投诉，占总投诉量的一半以上。而执法人员在对无证摊贩进行查处时，却经常受到一些"同情弱者"的过路群众的围观指责、起哄，由此引发的暴力抗法事件时有发生。

　　在城市化快速推进的过程中，拥入城市的大量外来务工人员，相当一部分是依靠马路来获得在城市落脚的生活来源，他们靠不用纳税的流动贩卖，租房糊口，并获取今后发展的原始积累。也有相当一部分城市的相对贫困者和外来务工人员因为无力承受大型商场的消费档次，而需要从"马路市场"获得价格便宜的生活资料。

不容否认的是，一些无证摊点的存在，虽然不合法，但确实给我们的生活带来了极大的便利。每年春节期间，城里的人们总是感叹，坏了的自行车没地方修了，喜欢吃的烧饼油条没有地方买了，脏了的皮鞋只好自己擦了……究其原因，就是那些摆摊的民工回去过年了，大家一下子感到了很大的不便。

据权威部门介绍，某市二〇〇六年底登记在册的外来务工人员已经达到二百七十万，且呈不断上升趋势。无疑，这其中的相当一部分，正在从事着无证流动经营的生计。由于外来务工人员在城市里生活成本普遍较高，很难到超市等正规场所去消费，自然就会选择"马路市场"。如果，有百分之三十的外来务工人员需要依此来维持生活和满足消费，那么，这个庞大群体的客观存在，确实需要政府相关部门用理性和智慧来面对，来采取有效的解决办法。

城市管理犹如大禹治水，光靠"堵"肯定是没有出路的！合理的疏导，能够使原本杂乱无序的无证流动经营，变得规范有序，这其实正应该是城市管理的现实目标。笔者以为，不妨在不影响交通、不十分影响市容的情况下，从自行车修理、夜市、擦鞋摊等老百姓需要的社区服务内容开始疏起，让其成为美丽城市的别样风景，成为品质之城的生动写照。

疏导，并不意味着完全彻底地放开对无证流动经营的严格管理。恰恰相反，在合理疏导的同时，严格、文明、规范执法仍然是维护相关法律、法规严肃性和维护良好市容市貌的有力支撑手段。

在着力打造生活品质之城和创建和谐社会的大背景下，笔者以为，城市管理部门有必要进一步解放思想，与时俱进，结合当地实际，做好疏堵结合，尤其是"疏导"这篇文章。疏堵结合，应该成为城市管理的方向性选择。

收到这篇文章后，某报总编辑专门和我通了电话，劝我务必用真名发表。他说，"这篇评论很应景，两会还在开呢，你作为一个城管干部，能够出面回答社会的关切，很有意义。署真实的名字，文章会更有力量。"

但我不答应。就在不久前，我市已经发出文件要求，城市管理必须严管重罚"零容忍"。我文章的观点与其严重不一致，一不小心容易惹祸的。

我说："还是用木公的笔名吧。你知道的，写言论的人，嘴臭，历史上有几个有好下场的？"

他哈哈大笑，"那是以前的事情，现在没有文字狱啦。"

我始终不松口，表示用真名宁可不发表。

他没辙，还是妥协了。不过，这老兄够坏的，整版的评论文章中，只有我这篇的末尾处，用括弧加了一排黑体字：作者为市城管执法局干部。

相当于把我出卖了。

深夜，响起了惊人的电话铃声

自从干了城管，我似乎就变得有些神经质，生怕随时有事找上门来。

在空军部队服役时，每逢参加战备值班，哥几个便吃住在了机场，全副武装，枕戈待旦，一旦惊人的警报响起，便飞也似的奔向战鹰。细细想来，还真的干过几回。在听得见"卟卟"心跳声的紧张与忙碌中，涡轮发出巨大的轰鸣，大地猛烈颤抖起来，翼下的弹箭看上去有些张扬。须臾，我们像一支支离弦的箭，射入湛蓝的天际或黑黝黝的夜幕，飞速扑向来犯之"敌"。

回到地方，如此摄人心魄的场面显然是不可能再现了。但，城管这活儿，大多事关老百姓吃喝拉撒睡的细枝末节，不论清晨甚或夜晚，无论刮风还是下雨，说不定什么时候就会冒出来。

老百姓的呼唤，其实与飞行指挥员下达的"起飞"命令，异曲同工。无非，接受任务的人已换了角色。

相当长的时间里，我从来不敢在晚上关掉手机，即使是休息天，或者正处于春节长假。担心的是，误了正事，犹如当年误了军情。

也是巧了，那个冬天，我那只贴身跟随了好多年的"爱立信"，突然就闹起了罢工。日久生情，我舍不得扔掉换新的，就送了去维修。师傅说，这样老古董级的玩意市场上不多了，有个关键的小零件可能要等几天才能到货。

也是合该有事吧！

那天在家喝了点小酒，就着台灯读了一会书，就睡过去了。

不知道过了多久，传来隐约而刺耳的电话铃声。我惊醒，定了定神，才清楚地判明，这是客厅里座机电话在拼命地叫唤。

我一下子完全清醒了。深夜里，座机响起来，肯定没有好事情。以前是有过几回的，便是明证。有两次是老人突然病了，就立马赶了去，赶紧送医院。有一次半夜两点多，电话的那头，是二哥哽咽着告诉我，病重的父亲刚刚咽下了最后一口气。我捏着电话，瞬间把肠子悔青！

我几乎扑向放在茶几上的电话，一屁股坐在冰凉的皮质沙发上。

"喂！你是某某某吗？"

未曾想到，电话里传来一个陌生的男中音，直接点出了我的名字。哦，是一个陌生人在这三更半夜里找我，应该不会有什么了不起的棘手事。我心中的忐忑消失了。"我是，你哪位？"

"我姓王，你不要管我是谁！"电话里的语气听上去不容分说，理直气壮。"我刚刚已经打了几个电话问过了，市长投诉电话的值班人员告诉我，这事由房管或城管负责。房管的电话根本无人接听，我就打你们城管的电话。我挨个给你们城管的领导打电话，他们说，这事由你管。"

我瞟了一眼电视机上方的时钟，此时已经是二十三点二十分了。"你到底有什么事？"我尽量把衣服裹得紧一点，寒冷让我有了一些要哆嗦颤抖的感觉。

"你听听，这是什么声音？这么大的噪音还让不让人睡觉了？"听筒对面的老王有些吼起来。我猜想，他大约是在室外，因为电话听筒里传来清晰的"哐当！哐当！"的敲击声，还有明显是金属摩擦地面时发出的刺耳的撕裂声。"你听见了吧！我家旁边是原来的医科大学，自从整个校园炸掉以后，天天晚上灯火通明地干活，这么晚了还在往外源源不断地运送渣土。实在是受不了，真的是吵死啦！"

的确，半个多月前，屹立西子湖畔数十年的医科大学，因城市建设的需要，实施了整体爆破拆除，一时成为热点新闻。而且，围绕这个地块的未来规划，也曾引起了长时间的讨论。

我知道，这地方处于城市的核心区域，校舍拆除之后，堆积如山的建筑垃圾要碎成小块，而且只能在夜间规定的时间内进行运输。

看来，这个工地的施工时间有可能超过了规定。不过，按有关规定，房屋拆除属房产管理部门负责，工地扬尘归环保部门负责，夜间违规渣土运输则归城管执法部门负责。也就是说，老王所说的现场爆破和铲车铲除渣土发出的巨大噪音，应该归房管部门负责。

但是，一般的政府部门由于力量有限，夜间很少安排人员值班，更难说安排执法人员了。投诉电话打进去，往往没人接听或者只能进行语音记录。

我记得，市城管执法局成立一周年时，我们曾经广泛征求市民的意见以改进工作。其中，市民反映比较集中的一个问题是，夜间建筑工地违法施工扰民的问题失管严重。尤其是，中考和高考期间，学生们需要安静的学习和休息环境，一旦有"动静"，家长们反应十分强烈。

为此，我局专门向邮政部门申请了热线电话"96310"，并通过媒体向社会公布，市民凡有城市管理方面的问题，可以二十四小时全天候拨打这个电话反映，同时承诺城管执法人员保证在半小时之内赶到现场进行处置。"96310，执法为人民"的口号，一下子在这座城市喊响了。

按有关规定，除特殊批准以外，建筑工地施工的时间为早上六点以后至夜间十点之前。很明显，老王这个时候还在为室外建筑工地剧烈的噪音而烦恼，确实值得同情。

我让老王少安毋躁，答应他一定会尽快尽力解决。兄弟部门夜间无人值守了，他转弯抹角好不容易找到了我，哪怕不是我局的职责，作为"首问责任制"，我也应该设身处地地为他着想。

我随即拨通了局受理指挥中心的电话。值班人员指挥担任夜间值班任务的城管队员立即出动，赶赴现场。

我估摸着，这段距离也就三公里左右，夜晚交通畅通了，不到十分钟，队员们肯定能够赶到现场了。趁这空当，我起身，穿上厚实的衣裤。老实说，经这么一折腾，下肢冻得有些发木，脑子却清醒得很，早就赶跑了睡意。

我干脆坐在电话机前等待。

"丁零零"，大约一刻钟光景，指挥中心给我回电话了，"两位队员已经赶到现场，对施工现场负责人进行了教育告诫，施工行为目前已经全面停止。"

我谢过他们，同时根据座机记录，给老王拨通了电话。按照规矩，及时向投诉者反馈情况，是必须做到的一个环节。"老王你好，我们的队员刚刚已经去了现场，对违规拆房行为进行了初步处理，你那里现在情况怎么样？"

"我看见两个城管队员已经来了，交涉了一会，工地上的所有作业几分钟前都停了下来。我就一直站在自家八楼的阳台上观察呢！"电话那边老王的声音听上去有些疲惫。

也确实够难为他的。冰冷的寒夜里，如果不是因为巨大的噪音吵得他实在无法入睡，他怎么会如此居高临下地伫立这么长的时间，到处拨打可以救援的电话。

此时，新的一天已经开始了。我对老王说："抓紧睡吧，不会再有人吵你了。"

"真的谢谢你们。老实说，以前我对城管的印象的确不怎么样，听到看到负面的东西有一些。"老王略微停顿了一下，"不过，今天你们的行动让我有了亲身体会，还是你们叫得应！"

事情办好了，哈欠上来了。我打算挂了电话。

"哦，稍等，我还有个要求。"我只好竖起耳朵耐心地听。"今天晚上怎么办？明天晚上怎么办？这工地看上去要忙乎很长时间的。"

老王的担忧当然有他的道理。不过，自从打通了指挥中心的电话，我就想，这事，我管到底了。

"放心吧，老王。对这个工地，我们会持续关注的，晚上十点之后，一定不会再出现违规施工的现象了。"

"那好那好"，老王连说了几声谢谢，我们便挂了电话，各自歇了。

第二天一上班，我就来到局指挥中心，向昨夜赶赴现场的队员了解具体情况。大家凑在一起，商量对这个工地的管理办法。

　　我们还向房管部门和环保部门通报了信息，对方都很爽快，表示会加强对该拆房工地的监督，上门告知禁止在晚上十点以后施工，防止噪音和扬尘扰民。不过，他们也向我们叹苦经：晚上实在没有执法力量，还得辛苦城管兄弟。

　　当然，管住了该工地晚上十点以后铲车装载和将建筑渣土运输出门，也就解决了根本性问题。这是我们城管义不容辞的责任。大家商定，在白天上门宣传的基础上，每天晚上，担负巡查任务的执法分队不定时地对其突击检查几次，以确保万无一失。

　　一连几天，始终没有老王的消息。我也就渐渐忘了这码事儿。

　　过了很久的一个星期天的下午，我突然接到了老王的电话，"我今天搬家了，要到钱塘江边去住了。这段时间，你们对这个工地的管理一直非常到位。自从那个晚上开始，再也没有出现扰民的情况。要谢谢你们。"

"不客气，这是我们应该做的，每一位市民向我们投诉反映问题，我们都应该这样尽力去解决。"

　　我这样说着，心里倒是有一个疑问在盘桓。我家的固定电话，老王是怎么知道的呢？

　　"我从大本子上查到的。"

　　所谓"大本子"，就是市级机关内部使用的电话簿的别称。

　　原来如此！只是，至今为止，我还不知道老王的大名。

为啥"出事"的城管大多会是临时工？

一天午饭后，我照例点开了"新浪浙江"，打算看看周边发生了什么新鲜事儿。这是我已经有好几年的习惯了。

突然，首页的"新闻"栏目中，"××城管打人"用了加粗的黑体字，醒目得十分刺眼。我有些怀疑，怎么可能呢？我们这支知根知底的城管队伍，历经十多年严格的锤炼与约束，怎么可能会去打人呢？

我快速打开新闻，一个小视频愣愣地安放在标题之下，下面是一篇不长不短的采访稿。小视频的真实记录，打消了我怀疑的念想。

我看见，一位红衣女子躺在地上，用手护住了头部，不停地扭动。她的身旁，散乱地歪躺着两只竹篮，水果散了一地。

而她的四周，围着四位身着城管协管员制服的男子，其中一人特别起劲，朝她身上狠踢数脚。脚下的女子发出凄惨的嚎叫，旁边的男人们配合着下脚的男子，骂着难以入耳的脏话，一副趾高气扬的伸张正义的模样。

我接着读记者写下的采访稿。文中写道，据记者从该辖区城管部门负责人处了解到，打人的并不是正式的城管队员，而是事发地所在街道聘请的"保序员"，也就是通常人们所说的"协管员"或者"临时工"。

我随手操起电话，拨通了该区城管局张局长的手机。

"张局，今天你们可出风头啦！上了'新浪浙江'的新闻页面呢。"我有些调侃，以此掩饰我即将喷薄而出的愤怒。

"什么事？我们可没做什么呀。"听上去，张局显然没往"打人"这方面想。

我直说了："请你看看今天新浪的新闻报道，这可是有图有真相，你的手下怎么下手那么狠啊！"

"冤枉啊！不是我们打的。"我听得出，张局有点急了，嗓音也提高了一些，"打人的四个人，全部是协管员，是我们区的某个街道聘请的。他们不是我们局里的人，根本不归我们管，我们是躺着中枪了。"

张局的话速像枪子连射。这样的对话，已经没有多少意思。搁下电话，我脑子里一下子出现了几年前在那遥远的地方，曾经见过的那种憨态可掬的鸵鸟。它们在遭遇危险时，通常会把脑袋埋进沙子里或草丛堆，蒙蔽视线，以为自己眼睛看不见就是安全了。

张局的这番话，怎么就给我有了鸵鸟的感觉呢？

不说别的，网络上早就沸腾起来了。你看，那篇有图有真相的报道的末尾，留着网友们一长串愤怒的声讨。直说了吧，此时此刻的城管，恰似露在沙堆外面翘得老高的鸵鸟的屁股，丑陋、难堪。那些评论的话语够难听，而企图漂白自己的城管，终究还是脱不了干系。

仔细想来，有谁能分得清楚呢？包括我这样的老城管都有了疑问，更何况"圈外"的老百姓呢。毕竟，那些活跃在街头巷尾的协管员，干的都是城市管理的活儿，在大家眼里，他们就是地地道道的城管。

这让我想起工作中曾经打过交道的几位协管员。

在某区局的一次大会上，干了几年协管员的老汪，代表全

252

体协管员作表态发言，铿锵的话语颇有感染力。区局的同行告诉我，老汪退伍军人出身，来这座城市后干过好几种活，最后还是觉得做城管踏实，有些像部队的生活。他把部队里当过班长的经历，用在了和老百姓打交道上，也用在了自我管理上，不出一年，他就成了协管员中的骨干力量，当了个小头头不说，还受到过好几次奖励。

许是同为军人出身，与老汪握手交谈的时候，他少了陌生，听上去甚至有些健谈。"城市管理这活确实挺难的，但再难的事，也总得有人去做。"

没想到，他说出的这句话，竟与我当年转业选择单位时考虑的大致相同。"干了几年协管员之后，你现在最大的困惑，或者说最大的愿望是什么？"我问。

他几乎没作什么思考，立即回复了我，"我和我的同事们，平时议论最多的，就是觉得没有职业自豪感！你看他们那些正式执法队员多神气，享受公务员的待遇，多少受人尊重一些。而我们就不同了，当地人有的把我们叫作'沙鳖'（不正宗之意）。因为这份工作是临时的，没有正式编制的身份，弄不好啥时候单位就炒我们鱿鱼了，所以大家的归属感普遍不强。"

他的说法，是我意料之中的事。因为，我在与别的协管员交流时，也多次听到过。

坦率地说，自从二〇〇一年全国实施新型城市管理制度以来，随着全国各地的城市化加速发展，管理力量不足的矛盾未过几年就充分暴露出来。还是当初核定的那一点执法管理力量，显然难以为继。于是，全国的每一个城市都招了一定数量的协管员，有些城市，协管员的数量早已是执法队员的好几倍。

"还有，因为同工不同酬，我们好像是二等公民。薪酬和福利上的差距，可不是一点半点的。"他这么说，我倒是挺好理解的。毕竟，正式编制的城管执法人员都是按公务员的标准考试录用的，福利保障肯定会好一些，当然，对他们工作上的要求和个体素质的要求同样会高许多。这样的类比，并不十分妥当。

不过，我们对协管员的管理也采取了许多有针对性的措施。比如，上岗前要经过严格的培训，掌握履行职责的基本技能。有规范性的管理规定，约束言行举止。建立激励机制，实行奖优罚劣。

前些年，我曾参与处理过一起几名协管员与相对人相互殴打的事件。

某区局聘用的协管员小王和老周，来自中部某地的同一个村庄，两人从小性情相投，挺说得来。报到的那天，老周悄悄跟队长说，他和小王两人值勤管理的地段能否尽量近一些？彼此好有个照应。

　　队长成全了他们，将两人的岗位分到了相邻的街区。老周干这份工作之前，跑了一些"码头"了，加上脾气刚强，有些哥们义气。而小王相对内向，为人低调一些。

　　小王巡查的辖区内，有一个大型农贸市场，一早一晚，人流密集，不宽的街道就显得格外拥挤。自从那几个卖水果的小贩来了之后，小王就难受得要命。他们堂而皇之地占据了市场外的马路，大声吆喝着，因为价格比市场里的便宜，顾客们围了一层又一层，本来就不宽的马路变得更狭窄了。

　　起初，小王上前好言相劝，制止占道经营行为，几位摊贩还有些顾忌，"好的好的，我们马上就走。"

　　时间一长，互相脸熟了，这几位老兄便懒得理他。小王急得抓耳挠腮，但脸皮子太薄，往往还没开口，脸就像了猴子屁股。几位摊贩都是老江湖，见状，更加有恃无恐，心安理得地做着不用交租金不用纳税的生意。

有次上级前来暗查，这地段依旧一塌糊涂，被扣了不少分，责任最终落到小王头上，扣掉了不少奖金，还挨了队长的批评。小王郁闷极了，弄了瓶酒请老周一起来喝。

"哥，这活吃不消做了。"

"怎么啦？"老周往嘴里扔一颗花生米，"遇到什么不开心的事了？"

"我管的这地段，有几个摆摊卖水果的，老是与我过不去，根本不听劝。"小王猛灌一口，"昨天上头来暗查，扣了我好几十银子，还被队长骂了一顿。"

"真有这样的事？你怎么不早说？"

"说了也没用的。队里就这么点正式队员，你也知道的，他们根本忙不过来。"

"那些摆摊的，都是什么样的人？"

"几个头发长长的男人，卖时鲜水果，摊上有切西瓜的长刀子。"

老周端起酒杯，"咕咚"自顾自地喝干了一杯。"这样吧，弟，我明天去和队长说说，与你交换一个管理路段，我就不信了，管不好他们。"

"这合适吗？哥。"

"你就别管那么多了，我先去说了再说。"

第二天，老周就去找了队长，要求与小王交换岗位。问明原委，队长爽快同意了。

老周去农贸市场这条街上岗的时候，正是早市开始忙碌时分。一辆辆装满蔬菜水果的三轮车鱼贯而入，有不少微型车停在路边卸货。三四个壮劳力却是在市场外的路边拉开了架势。他们支起小摊，把黄澄澄的香蕉一串串地挂起来，红色的绿色的黄色的水果堆成了漂亮的造型。

老周尽管有了心理准备，但这阵势还是有些出乎他的预料。他壮了胆走上前去，"我说，几位朋友，你们不能在这道路上摆摊的。"

"什么？今天我们才刚刚来呢，你就叫我们走？"一位留着小胡子的汉子搭了腔。

"城里有规定的，不能占道经营，你们这么一摆，马路就更窄了，影响交通了。"

"关你屁事啊！我们的东西又便宜又新鲜，可受大家喜欢了。"

"但是，我们已经接到不少投诉了，市场里的经营户说你们不公平竞争，路过的群众反映你们影响了交通与环境卫生。"老周耐着性子解释，从口袋里掏出手机准备拍照。

　　小胡子见状，立即跨步向前，"你要干啥？"

　　"你们如果再不撤了摊位，我就要拍照取证了。"

　　"你敢！"小胡子几个抄起了摊上的刀子。

　　老周一看，好汉不吃眼前亏，三十六计走为上，加紧了脚步开溜。

　　下班时大家在队部见了面，说起当天的遭遇，老周气不打一处来。他向队长诉苦，"明天能不能支援我两个人，好好地收拾一下他们。"

　　队长安慰他，"老周，你也知道的，中队队员就那么几个人，这么大的管理范围，根本忙不过来啊。再说，你这菜场门口这几个小摊，实在不是最难的。"

　　"可是，那几个人太狂了，根本不听招呼，实在是难以对付。"

　　"有我们呢，你遇到难以处理的事，可以用对讲机呼教我们，大家会及时来支撑你的。"

　　无奈，老周还是如同往常，去守这个比较难守的阵地。昨儿晚上，小王内疚地找到他，希望能够与他换回来，实在干不下去了，大不了另外找一份工作。老周是要面子的人，怎么肯让小老弟重吃二遍苦。另外的几位同事知道了，都念着老周平时对他们的好，说："哥，如果用得着，你对讲机里呼一下，我们就飞快赶过来。"

这一天也怪了，只来了两位摊贩在老位置上摆开了龙门阵。老周心里轻松了些，用对讲机通知在附近街区值勤的几位同事向他靠拢，一个计划在他脑海里产生了。

他上前，劝两位摊主赶紧收拾好摊子，以后不能再在这里摆了。

"你是不让我们吃饭了喽？"

"你们可以到有空余位置的市场里去卖，否则今天要暂扣你们的东西了。"老周估摸着，对讲机里回答"明白"的支援队伍马上就要赶到了。

果然，小王他们几个赶了过来，老周顿觉自己底气足了。"怎么样？再不自己走，我们就要动手搬东西了。"

"你们敢动一下，我就砍了你。"说完，小胡子手指点着老周的鼻子，骂爹骂娘骂祖宗。

"你敢！老子先废了你。"老周年轻时学过几年武术的，身手敏捷，一个侧身上步，从水果摊上抄起了那把西瓜刀，向小胡子捅去。小胡子猝不及防，赶紧用手臂一挡，刀尖愣愣地刺进了他的手臂，血很快冒出来。

另一位摊贩见了，抡起方凳准备朝老周砸过来。小王几个一拥而上，将他按倒在地，一顿乱拳打得他嗷嗷直叫。

场面一时很混乱，有人报了警。老周到底是老江湖，怕打下去会出人命，"哥几个，快跑啊！"

小王他们听到老周的叫喊，住了手，朝来的方向撒腿就跑。

"老子不干了！"老周一边跑一边脱下上衣，扔了。其他几位学着老周的样子，把衣服脱下扔掉。

警方根据沿路探头的记录，很快将老周他们捉拿。

好在小胡子的刀伤没有伤到要害处，虽然淌了不少血，场面很吓人。另外一位身上多处瘀血乌青，吃了一些皮肉之苦，并无大碍。未酿成大祸，实属万幸！

老周他们几个按照情节不同受到了相应的处罚。说真的，我很为他们惋惜而不平。

后来的调研显示，在基层执法中队，因为各种原因，协管员普遍承担着最烦琐很难管的任务。有些地方，甚至将"协管员督岗管理，执法队员阵风式支撑"作为一条向外界介绍的经验。这样做的后果显而易见，天长日久，执法队员的惰性自然而然地增加了，有了难的事情，让协管员先上，渐渐成为一种常态。

这其实就是协管员经常"出事"的一条重要原因。

后来，我去基层检查工作，大多会顺路去一个执法中队看一看。队部留下了多少人，有多少人在一线，就可以基本判断出管理的状况。通常，留在队部的，正式队员会多一些。办案做文书的人员当然需要留下来，更多的力量应该派到面上去。

我们在早晚高峰时段，经常可以看到，不论刮风下雨，交警叔叔在十字路口指挥交通、处理问题，心里顿生敬意。因为警力不足，他们也配了不少的协管员。如果你看得仔细一点，会发现，所有十字路口都由交警带着协警在执勤，开罚单的当然是交警自己。

这一点，城管真应该好好学一学的。

否则，中国城管无法走得太远。

"下里巴"登上了大雅之堂

大约是二〇〇九年盛夏的某一天，我接到在市委某部门工作的好友陈君的电话，说是浙江大学要请他的领导去讲讲城市管理问题。他的领导，是一位精通城市管理的市领导，因为公务繁忙，无法分身，他希望我能够去完成这项任务。

陈君是我刚转业时的同事，我们一起在环卫部门工作过两年，彼此很熟悉。尽管我在全市城管执法系统讲过一些不同内容的课，但浙大是高等学府，听课的是来自全国各地的领导干部，我还是有些担忧，生怕讲砸了丢人。陈君给我打气，"你没问题的，就挑你最熟悉和了解的讲，把你这些年来陆续发表的城市管理方面的观点和理念讲给大家听就 OK 了。"

既然如此，我也就斗胆接过了这个瓷器活。

准备的时间不足一个月。说过这件事的第三天，我随团去北欧考察城市管理问题。在飞往斯德哥尔摩的航班上，我开始挖空心思地构思讲课的提纲，在随身携带的空白稿纸上写写画画。飞机降落之前，基本搭好了架子。

在异国他乡，夜里没事可做，我就为这些草草搭好的架子里填空，塞进自以为般配的原料。同房的徐兄见了，不知道我这些天神神秘秘地在干些啥。有一天，他终于憋不住问了："你这些天一空下来就在写写画画，捣鼓个啥？"

"回去以后马上要到浙大去讲城市管理的课。"我把事情的来龙去脉跟他说了。

"说来听听，对城管我也有些感兴趣的。"他说。

"那好，你别笑话哦，我还是第一次系统地归纳出这个课程的框架。"说真的，我也很想有人为我把把脉，只是，现在还为时有些过早。"希望你多提宝贵意见。"

课程分了四个部分，我逐一讲解了大概的内容。徐兄听得认真，不时插上几句，有时两个人会就某一话题展开比较深入的探讨。这样的试讲和讨论连着进行了三个晚上。

"可以了，基本能够定型了。"徐兄拉着我，陪他到露天的地儿抽一颗烟。

那个晚上，我睡得特别香。一块石头终于落了地。

回国后，在同事的帮助和指点下，我做好了课件 PPT，反复进行了多次试讲，做好了各方面的准备。

说到讲课，我倒是不怵的。年轻的时候，我曾经在空军的多所航空学校和飞行学院当过八年飞行教员，不谦虚地说，积累了比较扎实的"讲演写画"基本功。

约定的那天下午，我提前一刻钟来到浙大的西溪校区。班主任老师和一位副院长与我接上头之后，副院长把我拉到一边，神色有点紧张地跟我说："老师，有个建议，希望你接下来讲的课，多一些实践的内容，千万不要光讲理论上的东西。最好么，能够理论与实践相结合。"

我问："这些学员来自哪里？请把花名册让我看看。"

老师拿来了花名册，"这批学员来自西北某省的一个地级市，九十八人，由分管城市建设与管理的副市长带队。"

"这就好办了。"我粗粗翻看了一下花名册，心里有了底，"这些干部都是分管城市管理工作的领导，我们肯定会有共同语言的。"

"他们这些人要求很高的。"副院长说，"今天上午，在简单的开班动员后，由我校一名比较有名气的教授讲第一课。结果，课间休息的时候，他们的班长跟教授说，我们大老远地跑到浙大来，就想听一些平时听不到，理论水平高又接地气的课。你讲的，和我们当地党校老师讲的没有什么大的区别。这样吧，下半场由我们自学吧。教授听罢，变了脸色，气呼呼地走了。"

　　班主任老师接过话头，"实话说，我们以前还没有遇到过这样的事情，所以专门跟你说一声，好有所准备，否则后面的课就很难上下去了。"

　　我跟他俩说："放心，要我讲深奥的理论，还真的讲不出什么，不过，实践上的东西应该没有问题。"

　　我选择了站着讲课。

　　我从城市管理的历史沿革入手，引出《三国演义》诸葛亮唱空城计的故事。从毛主席视察小营巷，印证全国爱国卫生运动的兴起。从我这个转业干部到地方后亲身经历的过往，谈到新型城市管理制度的诞生以及这些年来的实践探索。我注意到，除了记笔记的时间，大家的头一直抬着，课堂里不时发出会心的笑声。凭感觉，效果还不错。

课间休息时，副市长与我作了交谈，说上半场的课听着挺过瘾的。我说："下半场还会更加精彩，几乎都是我自己的体会与思考，不会让你们失望的。"

二十世纪八十年代初期，我曾经在河西走廊空军某机场呆过，驾驶战鹰飞过祁连山脉与腾格里沙漠之间的广大区域，对那段青葱岁月和那里的风土人情怀有特殊的感情。说起这些，彼此一下子亲热起来，仿佛老家来了亲人。他叫来秘书，用当地土话说了些什么。

下半场的课，气氛更加热烈。

课程结束的时候，掌声响了很久。副市长举手向班长示意，由他亲自作学习小结。他走到讲台上，声如洪钟，对这堂课作了高度评价，是让我有些脸红的那种夸奖。说着，他手一招，秘书捧了两样东西上来。

"老师，今天你讲的课让我们茅塞顿开受益匪浅。这银制小佩刀和葫芦烫画，是我们当地最有名的特产，我代表全班学员送给你以作纪念。"他不由分说，将礼品往我手里塞。学员们见状，使劲地拍起了巴掌。

太突然了。我盛情难却，收下了这份珍贵的礼物，也收下了他们的友情与鼓励。无以回报，我将那只记录自己在浙大"处女作"的U盘送给了他们。

后来，这堂课一直保留了下来。据说，院方是根据受训学员课后打分评价而确定的。

二〇一二年的六月六日夜，我端坐在电脑前，思绪万千。前几日接到通知，我将于次日离开城管，到新的单位报到。有一些日子了，朋友们纷纷送来祝福，说我不仅职务得到了晋升，还脱离了城管这个"苦海"，真是双喜临门。可是，我自己知道，十三年的城管生涯，让我从一个兵，成了一个真正的老百姓，成了一个有良知的好城管。我不可能与城管就这样一刀两断，我应该继续为它做些什么的。

静下心来，《走进"城管"》，就如涌泉似的从我指尖淌了出来：

自从二十世纪的最后一年从部队转业一头扎进了城管工作，我就再也没有浮上来。沉浸其中，回望哗哗流逝的岁月，就常想，这十多年的付出值吗？

人说，女怕嫁错郎，男怕入错行。有朋友调侃我，想当年三十郎当岁的团职干部怎么就去当了"城管"？惋惜之情，溢于言表。

我人木讷，想，什么行当总得有人去做啊。就如当年在部队，辗转南北二十个年头，什么时候跟组织讲过价？

果然，朋友们的担心是有道理的。这城管的名声，可不咋地！打开网络，百度一下城管，那铺天盖地的几乎都是骂声。翻开报纸，即使发生在十万八千里地儿城管的事，照样会理所当然地成为当地媒体的热门新闻，而那尖锐深刻的评论，似乎要告诉读者一个早已经过论证的真理——"天下乌鸦一般黑"。看阵势，眼下的中国大地，城管，足以与男足比肩，是舆论想骂就骂的角儿。这不，"CHENGGUAN"，还作为新的词条被西方引进，其核心的释义是：中国令人憎恶的城市管理人员。

我从来没有想过，要为城管隐瞒或者辩护。我知道，那样可能会被部分网友愤怒的吐沫淹没。当然，以我的个性，也不会允许自己这样做。我只想客观地告诉朋友们，就全国范围而言，正像每一支队伍里几乎不可避免地会出现"害群之马"一样，有些地方的城管或者某些"城管人"确实是不咋地！他们的恶劣行径，同样为我这个老城管所不齿。

以我十多年深入城管的经历，我觉着，在城市化飞速发展的今天，城管的重要性是显而易见的。这是不容否认的事实。那些因为一时愤怒而喷薄而出的"取消城管"的呐喊，多少有些偏激的成分，也隐含恨铁不成钢的意思。问题的实质在于，在建设和谐社会的大背景下，城管如何通过自身的改造甚或改良，在尽力做好本分事的过程中，把冷冰冰的执法管理活动，转化为为老百姓服务的具体行动。与此同时，社会各界的朋友们如何理性地看待现阶段城管所特有的尴尬处境，为这支疾病缠身的队伍仔细号脉，开出治疗顽症的药方，为它指明前进的方向，同样是何等的迫切和重要！

眼下，我就要上岸了。确切点说，我明天就将离开城管部门。曾以为早就厌烦了这一苦差，但回味这一段时光，竟是那么的值得怀念！当我终于能够以旁观者的身份审视城管的时候，千言万语咕咚咕咚涌上心头，总想说点什么！是为了那些悄然流逝的日子，也是为这多灾多难的行当。

就因为这简单的想法，我愿意把自己这些年来在城管工作中的所见所闻所思所想，凝结在我的课件里，搬到浙江大学、党校的讲台上。即使，离开了城管工作，我也初心不变。因为，从此以后，我能够更好地走近城管。

没有别的，只想告诉您，城管那比较客观真实的一面。

为了这份承诺，我至今仍然利用休息天或者晚上的业余时间，为来自全国各地的领导干部讲授城管问题。一个月起码修改一次课件的习惯，使我始终保持着战士的警觉和敏锐，关注着中国城管的改革与进步，追寻着城管执法的理论创新和实践探索。

乐此不疲。

跋一：给蔡军剑的信

军剑兄：

遵您所嘱，我自从狗年的正月初四开始动手，如今终于挤牙膏似的完成了"作业"，正好十个月。

十月怀胎。这些文字，也可以算作我的孩子了。

因为从来没有干过这样的事，中途有"被套牢"的感觉。能够坚持下来，基本上是因为您的鼓励，还有就是"不是官话"的步步紧逼。看来，人无压力轻飘飘，是有道理的。

为了方便，这十多万字，我都在手机上完成。一开始由右手的食指划拉，不料造成关节疼痛，后来改成了手写，就轻松多了。用手机写作，屏幕太小，修改困难，而且眼睛容易干涩，以后不能再这么干了。

码这些字，用的都是碎片时间。主要是晚上，也有出差在外的空档，还有在飞机上和候机时的随心所欲。码字的时光，时间就过得相对快了许多。

　　不管怎么样，能够坚持下来，还是有一些成就感的。

　　如果可以的话，这本小书的名字，就叫《返航》吧。返航，飞行的专业属语，就是平安地返回了起飞的地方。也可以理解为，我从一个军人回归，成了一个普通的老百姓。《返航》讲的就是我转业之初的一些年的琐碎小事。

　　到了丑媳妇见公婆的时候了。发文稿过来，请批阅。

　　冬安。

2018 年冬至夜 22：36

跋二：为邵老师大著写几句话

邵根松老师的书就要出了！

他非要我写几句，说我是这本书的"催生婆"，要不是我督促得紧，很可能就没有这本书的问世。

恭敬不如从命，那我就先从跟邵根松老师的交往讲起吧。

我在《南方周末》做了多年的评论编辑，一直负责读者来信与评论专栏。但筛选稿件的实习生往往偏爱同龄人的稿件，所以一段时间以来，报纸版面上大学生的稿件非常集中，而几乎没有公务员的来稿。大学生的观点很可贵，但是公务员的声音也不可或缺啊！邵根松，也就是在那段时间被我"打捞"出来的一位作者。

2013 年 8 月 11 日，邵根松发来第一篇稿件《破解城管困境需多管齐下》，而我直到月底才看到，所以赶紧回复。就这样，我跟他接上头了。在杭州，我还曾跑到浙江大学听他给城管干部讲课，案例鲜活，我只后悔没带录音笔。

慢慢地，我负责栏目上的公务员来稿多起来了。我留意到，公务员们都挺爱讲道理的，可惜有的却是官话连篇。公务员自己未必意识得到，其他读者对此却啧有烦言。公务员能写出让人眼前一亮、不是官话的文章吗？带着这样的疑惑，我也悄悄做了一些摸索。那就是，请公务员朋友在评论文章中添加一些真实素材，最好是写写亲历见闻，这样应该会更接地气，更有亲和力吧。我总觉得，通过讲故事来讲道理，更容易入人之心，入人之脑。

讲好故事，事半功倍，讲故事是领导者工具箱里最好用的法宝。就像词作家乔羽说的：一首歌的主题好比维生素，那些空喊口号的歌词就是干涩的维生素药片，而文辞优美的歌词则是酸甜可口的柑橘，同样是补充维生素营养，你是喜欢药片还是柑橘？答案不言而喻……很开心，我这个通过讲故事来讲道理的编辑思路，得到了邵根松的积极回应。邵老师的第一篇来稿，通篇是讲道理的，我没有采用；第二篇，他分享了家里长辈看病的故事，我编发在评论版上；第三篇，他写了《媒体，岂是用来应对的？》，那是我们某次聊天的一个成果。有一回，电话里邵根松讲了杭州市城管执法局与杭州日报、浙江卫视合作，请狗粉、反狗粉一起来为"文明养犬"出主意，化解"屠狗"危机的故事。我听得很兴奋，催促他尽快交稿，后来文章发在 2014 年 12 月 11 日的《南方周末》评论版上。

随着交往的深入，我越发觉得，邵根松是一个有故事的人，也很擅长讲故事。在闲谈中，在课堂上，他讲的那些故事，有的令人唏嘘，有的让人哈哈大笑，有的更是被朋友们当作"经典案例"搬到其他场合分享了。邵根松的脑袋里到底装着多少故事呢？出于文字编辑的职业敏感，我有心挖掘一下他的故事。据我了解，他一路走来，积攒了很多有意思的而且鲜为人知的故事。你想呀，他三十四岁时从一名壮志凌云、令人羡慕嫉妒恨的"天之骄子"（飞行员别称），以副团级干部身份转业回到地方后，居然屈尊去了市容环卫局——一个专干扫街、清理城市"牛皮癣"之类琐事的单位。这，不是从天上掉到了地下吗？

从天上掉到地下，换作你，你能适应吗？接触多了全国各地

275

的军转干部，我深知这很不容易。可是，邵根松不只是适应，还胜任愉快！在不被人看好的城管系统，他一干就是十三年。从部队到地方，他的工作模式变了，但工作态度不变，一如既往地保持着特别能吃苦、特别能战斗、特别能奉献的军人本色。他用脚步丈量所在城市的每一个角落，他与街巷里弄形形色色的卖蔬菜、擦皮鞋和玩杂耍等从事各类营生的贩夫走卒交心，他把冷冰冰的城管执法活动转化为为老百姓服务的温情行动，他登上大学讲台为数百个城市的领导干部宣讲城管执法的工作实践与理念创新……他经常会提及"慎独""担当""服务群众""不唯上只唯实"，那并非念台词唱高调，而是学思践悟、知行合一，用实际行动展现"转业不转志、退伍不褪色"的军人风范。

闲聊时邵根松自嘲为"一介武夫"，其实却是能上能下、能文能武的军地两用人才。他是怎么做到的？他有着怎样的心路历程？……把这些写下来，应该可以起到给军转干部打气鼓劲的作用吧！尤其是他转业初期的心态调适以及那种"干一行爱一行，钻一行精一行"的敬业精神，我想不止军转干部会有共鸣，就是年轻的大学毕业生看了也会受益。邵根松的这些故事，具有公共性，也具有励志功能，如果只是在几个人的小圈子里分享，而不能让大伙看到听到和回味，那就太可惜了。近两年来我一再怂恿他动笔写下来，就是出于这个考虑。好在，他被我说动，然后行动了，如今也终于有了摆在您眼前的这本书了。

公务员能少说官话吗？军转干部只是一介武夫吗？其实，读了邵根松的这本书，你就会给出明确的答案。真心期盼，有更多公务员、军转干部来现身说法，说出你的故事。相信你的分享，会让人对公务员、军转干部的刻板印象与思维定式有所改变，进而激发有心人思考怎样可以更好，努力践行"能文能武"，书写属于自己的历史。——这，不也是积功累德的美事一桩吗？

蔡军剑